婚約者が三日で逃げ出す
冷酷公爵に嫁いだら
極上の愛され生活が始まりました
熊野まゆ
Vanilla文庫

JN178966

目次

イラスト／赤羽チカ

第一章　笑えない公爵様

芽吹いたばかりの緑がどこまでも広がるハロウズ伯爵領で、わたし――アシュレイは、薬の原材料となる薬草の手入れに励んでいた。

赤や黄、緑など色とりどりの薬草は、疲労回復や解毒、力の増強といった素晴らしい効能を持っている。

香りもまた多様だ。ハーブのバジルに似たものもあれば、果物のように甘い香りの薬草もある。

わたしが日常的に作っている薬――ミスティ・ブリューは、薬草の組み合わせや配分量など、調合しだいで効能もさまざまに変化する。

だからこそ、奥が深くて惹きつけられる。

薬草畑で行うことといえば、ほどよく色づいている葉を摘んだり、よけいな葉を間引いたりと、地道な作業ばかりだけれど飽きはこない。

わたしひとりではないからだわ。

早起きをして、領民のみんなと一緒に薬草の手入れをするのはとても楽しい。

たわいもない話をしながら作業すれば、あっという間に時が経つ。

「アシュレイお嬢様、ひとまずお疲れ様でした」と、領民の女性が声をかけてくれた。

「ええ、お疲れ様。午後からもよろしくね」

早朝の作業は終了だ。

一仕事を終えたわたしは、達成感を覚えながら空を見上げた。

昇ったばかりの朝陽が眩しい。

見るからに柔らかそうな、ふわふわとした真っ白な雲が青い空を漂っている。

吹く風は優しくて、爽やかだ。

わたしは薬草の鮮やかな色と豊かな香りを満喫しながら畑の小道を歩き、ハロウズ伯爵邸に戻った。

「あらぁ。どこの領民がわたくしの屋敷に上がり込んできたのかと思いましたわぁ」

玄関扉を開けてすぐ、わたしはぴたりと足を止めた。

「おはよう、コリンナ。早朝から体を動かすのは健康的でいいのよ」

エントランスホールに待ち構えていたのは、義妹のコリンナだ。

早朝であっても、義妹はばっちり化粧をして豪奢なドレスを着込んでいる。彼女が化粧をせず出歩いているところは見たことがない。

コリンナは自分の素顔が嫌いみたい。

以前コリンナから「お義姉様はどうして化粧をしなくても煌(きら)びやかなの！」と、褒められているのか貶(けな)されているのかわからない言葉を投げかけられたことがある。

コリンナの髪も瞳も茶色だ。

いっぽうわたしは、彼女と血縁関係がないのでまったく似ておらず、金髪に碧(あお)い瞳なのである。コリンナはそういう、明るい色合いの髪と瞳が好みなのかもしれない。

自分にないものは、羨ましく見えるものだ。

だからといって、わたしを亡き者にしようとするのはやめてほしいと常々、思う。

わたしの母親は庶民で、もうこの世にはいない。わたしを産んだ直後、肥立ちが悪く急逝してしまったそうだ。

継母は根っからの貴族で、わたしのお父様と再婚する前にできた子どもがコリンナだ。

だからお父様とわたしは、コリンナと血の繋(つな)がりがない。

それでもお父様はコリンナのことを継母と同じくらい大切にしている。

けれどコリンナは、よほどわたしのことが気に食わないらしい。

義妹には必ずといっていいほど食事に毒のミスティ・ブリューを盛られる。

ミスティ・ブリューには必ず反対の作用を持つものが存在している。だからわたしは解毒薬を調合して防衛する日々だ。

コリンナは、わたしが解毒のミスティ・ブリューを飲んでいると知っていて毒を盛ってくるのだろう。

遊んでいるつもりなのかも。

下手をしたらわたしの命がなくなる、危険極まりない遊びだ。

命がけの毎日だけれど、薬草を育ててミスティ・ブリューを調合するのは楽しい。

それにコリンナからの嫌がらせは、ずっと続くわけではない。

コリンナはハロウズ伯爵家の取引先のひとつ——スクワイア侯爵家のジル様と婚約している。

義妹はいま十七歳。あと一年もすれば嫁いでいくだろう。それまでの辛抱だ。

かくいうわたしは、もう十八歳なのだけれど婚約者がいない。

わたしが庶子であることに加えて、コリンナが「庶民派のお義姉様はだれとも結婚する気がない、薬草を育てることに夢中ですの」だなんてあちこちで吹聴（ふいちょう）するせいだ。

はじめはわたしも「そんなことはない」と弁明していたものの、コリンナがしつこく吹聴するので諦めてしまった。

お父様にしても、コリンナの言うとおりだと思い込んでいる。

薬草を育てたりミスティ・ブリューの調合をしたりすることに夢中なのは否定しないけれど、だれとも結婚する気がない——わけではない。

ハロウズ伯爵家にはわたしとコリンナしかいないから、将来的には親類の男の子が伯爵位を継ぐことになっている。

だからお父様は、わたしの嫁ぎ先が決まらずともよいと思っているのだろう。お父様は、お継母様とコリンナの言いなりだ。

結婚に憧れはある。けれど相手がいない。

このまま家業を手伝うか、あるいは「行き遅れだ」と外聞が悪くなるようなら修道院へ行って薬草を育てるのでもいいかもしれない。

そんなことを考えていると、目の前にいたコリンナがずいっと近づいてきた。

「ところでお義姉様ぁ、朗報ですわよ」

わたしはぎくりとして体を強張(こわば)らせる。

コリンナの「朗報」が、そのままの意味であるはずがない。

「なにかしら?」

内心、戦々恐々としながら尋ね返した。コリンナはいつになく、にやっと口角を吊(つ)り上(あ)げる。

「お義姉様の嫁ぎ先が決まりましたの」

わたしの嫁ぎ先?

婚約者もいないのに、いったいどこに?

「ティンダル公爵様ですわ！」

声高に言い放ち、コリンナはますます楽しそうに笑った。

「ティンダル公爵様——」

声に出してみたものの、すぐにはぴんとこなかった。

国政に参画している有力貴族のひとりで、社交の場にはめったに出てこない方だから、顔を見たことがない。

ただ噂（うわさ）だけは耳にする。

『果てしなく冷酷で、婚約者が三日で逃げだす』

コリンナが嬉（うれ）しそうにしている理由がわかった。もしもその噂どおりなら、この結婚は前途多難だ。

「おめでとうございます、お義姉様。羨ましいですわぁ」

義妹は顎に手を当てて、にたにたと笑っている。羨ましがっているようにはまったく見えないものの、言及はしないでおいた。

それからコリンナは、ドレスのポケットから小ぶりの手鏡を取り出して自分の顔を眺めていた。化粧が完璧かどうか確認しているのだろう。

「ありがとう、コリンナ。結婚はできないかもしれないと少し諦めていたから嬉しいわ」

本心だった。

ティンダル公爵様がどのような方で、なぜ婚約者が三日で逃げだすのかわからないけれど、これでもうコリンナと顔を合わせずに済むのだ。

あわよくば、嫁ぎ先でもミスティ・ブリューの調合を続けていきたい——。

わたしとティンダル公爵様の縁談はとんとん拍子で進む。

まずは順当に、わたしは婚約者としてティンダル公爵家へ行くことになった。

わたしも三日で逃げだすことになるのかしら。

ティンダル公爵様は冷酷だという噂だけれど、具体的にどんな理由で逃げだしたくなるのだろう。不安はあるものの、実家にいたところで命の危険がつきまとうので、きっと五十歩百歩だ。

そして一週間が過ぎた。

ティンダル公爵家へ行く日、わたしは鏡の前で身なりを整えていた。

久しぶりに、コリンナのお下がりではないドレスを着ることができた。

というのもコリンナが「お義姉様はわたくしが着たドレスをお召しになりたいの！」と声高に訴えるせいだ。

だれかが着ていたドレスであっても抵抗はないのだけれど、コリンナが着用したものは香水の強烈な匂いが染みついてしまっていて、長く身につけていると気分が悪くなる。

それにコリンナのドレスには決まって宝石が縫いつけられているのだ。

義妹はその宝石をわざわざ取り外して、わたしに寄越してくるから、ところどころ糸がほつれてしまっているし、どうしても流行遅れの型になってしまう。

それにくらべて、この淡いピンク色のドレスは流行のデザインが取り入れられている。国政で大きな権力を持ち、由緒正しいティンダル公爵家へ赴くにあたり、古びた――しかも香水の強烈な匂いがする――ドレスではさすがに無礼が過ぎる。

うん、おかしなところはないはず。

鏡の中で大きく頷いている自分自身を見たあとで私室を出る。

玄関前で馬車に乗ろうとしていると、珍しくコリンナが見送りにきてくれた。いや、見送られるのなんて初めてではないだろうか。

コリンナは今日も香水の匂いを漂わせながらわたしに近づいてくる。

「ごきげんよう、お義姉様。いつでも戻っていらしてくださいねぇ」

満面の笑みを浮かべている義妹に、わたしも同じ表情を返す。

「ええ、ありがとう。帰省した際にはよろしくね」

するとコリンナは、あからさまにむっとしていた。義妹はわたしが、あの噂どおり三日で出戻ってくると考えているのだろう。

けれどわたしは、帰省以外でこの家に戻る気はない。この一週間で覚悟を決めた。

そのつもりで、ミスティ・ブリューの調合セットや生活用品など、必要なものはすべて私室から運びだしている。

かなりの大荷物になってしまったけれど、ティンダル公爵様のもとへ本気で嫁ぐつもりなのだと、先方に伝わればいい。

馬車に乗り込み、ティンダル公爵邸を目指す。公爵邸がある王都までは馬車で三十分ほどだ。

わたしがティンダル公爵家へ移るにあたって、ハロウズ伯爵家からはメイドを連れていっていない。

公爵家から「連れのメイドは不要」だとお達しがあったし、伯爵家でだってわたしにメイドはあてがわれていなかった。

馬車が停(と)まり、ティンダル公爵邸に到着した。

王都の中心部に位置しているにもかかわらず、公爵邸の敷地は広大だった。庭の手入れは行き届いているようだけれど、木も花も植えられていない箇所が多くある。

あの隙間で薬草を育てられないかしら。

そんなことを目論(もくろ)みながら、わたしは玄関へ目を向けた。そこには家令らしき老年の男性がひとりぽつんと立っていた。

もとより大歓迎されるとは考えていなかった。

噂が本当だとしたら、出迎えすらないかもしれないと覚悟していたので、むしろひとりでも、案内役と思しき家令がいるのはありがたいことだ。

「こちらへどうぞ」

無表情の家令についていく。大きな玄関扉を通り、エントランスホールへ。

天井から吊り下げられた巨大なクリスタルシャンデリアに、早くも圧倒される。

それからわたしは、中央階段を下ってくる男性に釘付けになった。

紹介されずとも、その装いから彼がティンダル公爵様だとわかる。

どこまでも透き通ったアメシストの瞳と、シャンデリアの光を浴びて煌めく漆黒の髪。

形のよい唇は、不機嫌そうに引き結ばれている。

意志が強そうな凜々しい眉と眉のあいだには深い皺が刻まれているものの、麗しいのには違いなかった。

けれど、どう考えてもレジナルド・ティンダル公爵様はわたしを歓迎している表情ではない。

それなのに、彼はなんて魅力的なのだろう。一目で虜になってしまった。

ドキドキしながら、わたしは膝を折ってレディのお辞儀をした。

「アシュレイと申します。どうぞよろしくお願いいたします」

ところが顔を上げるころには、レジナルド様の姿が消えていた。

わたしは「え」と短く声を上げてあたりを見まわす。

「レジナルド様は大変ご多忙です。婚約者にかまっている時間はないのです」

老年の家令がきっぱりと言った。

「まあ、そうなのですか。けれど少しでもお目にかかれて光栄でした」

眼福のひとときだった。言葉は交わせなかったし少しの時間だったけれど、ひとまず満足だ。

感動しているわたしのそばで、家令が「ゴホン」と咳払いをした。

「屋敷の中をご案内いたします。アシュレイ様は、きっと長くはいらっしゃらないでしょうから必要最低限の場所だけでございますが」

どうやらこの家令も、わたしが三日で逃げだすと予想しているらしい。

「ええ、最低限の場所だけでけっこうよ。ただ、ほかのところは自分で見てまわってもよろしくて？」

家令は眉を顰めて「どうぞ」とだけ答えた。

それから家令が案内してくれたのは、サロンとダイニング、ゲストルームの三箇所だった。

「アシュレイ様にはこのゲストルームに滞在していただきます。こちらのクローゼットにドレスをご用意しております」

家令がクローゼットの扉を開ける。中には既製品のドレスがずらりと並んでいた。

「どのドレスを着てもいいのかしら」

「はい。オーダーメイドのドレスはお作りいたしませんので、この中にあるものから選んでご着用ください」

クローゼットに収められているドレスを見まわす。見たところどれも、大きめのサイズばかりだ。大は小を兼ねるということだろう。

もちろんこのままでも着ることができるけれど、工夫の余地がある。

由緒正しいティンダル公爵家で、サイズの合っていないドレスで過ごすのはよくない。ティンダル公爵の婚約者は身なりも整えることができない――と、この家の評判が悪くなってしまう。

わたしは実家から持ってきていた裁縫道具を片手に持ち、家令に尋ねる。

「手直しをしてもいいかしら」

老年の家令は渋い顔をしている。

「……アシュレイ様がご自身で手直しを?」

「ええ、そうよ。ドレスに傷がつかないよう細心の注意を払うわ。糸を解けば元のサイズに戻せるようにもする」

「……どうぞご自由になさいませ。ご夕食は六時でございますので、その時間にはダイニングへお越しください」

眉間に深い皺を刻んでいる家令に「ありがとう」と返す。すると家令はなにも言わずに部屋を出ていった。

わたしはさっそく作業に取りかかる。

ドレスのサイズがすべて大きめでよかった。小さなものを大きくするよりは手直しが簡単だ。

針に糸を通して、襟や袖、裾や脇の余分な布を詰めていく。

コリンナのドレスを自分のサイズに合わせていたので、縫い物は得意だ。

幸い、どのドレスもひとりで着られるデザインばかりだった。

これならメイドの手を煩わせることがない。実家にいたときと同じで、ここでもわたし付きのメイドはいないようだけれど、着替えに困らず済みそう。

縫い物のほかにも、生活に関わるほんとんどのことをひとりでこなせる。

一緒に薬草畑を手入れしてくれる領民に、生活の知恵を教えてもらったおかげだ。

どんな環境でも生き抜く力はあると自負している。

黙々と裁縫に励み、手直しが済んだところで、屋敷内を探検することにした。

わたしがあてがわれたゲストルームは、北側の奥まった場所にある。ダイニングや庭など、どこへ行くにも距離があるから、いい運動になりそうだ。

広い屋敷の廊下を意気揚々と闊歩（かっぽ）する。

最初に通りかかったのは厨房だった。わたしは足を止め、中のようすを窺う。

「こんにちは。少しお邪魔させてもらっても？」

厨房の入り口に立って声を上げると、室内にいたキッチンメイドたちがいっせいにわたしのほうを見た。

皆が手を止めてしまった。これでは本当に邪魔になっている。

「ごめんなさい、わたしのことはどうかお気になさらず。ただ少し、厨房の設備を見せてもらいたいの」

ミスティ・ブリューを調合するにあたり、鍋やかまどが必要になる。

ゆくゆくはここで薬草を煎じようと目論んでいるので、どのような設備なのか確認しておきたかった。

料理長らしき男性が「はぁ」と、困惑したようすで返事をした。それでも返事は貰えたのだからと、わたしは無遠慮に厨房内へ立ち入る。

ティンダル公爵邸のかまどは、伯爵家に備えられているものより大きい。

ハロウズ伯爵家では薬草の栽培が主で、製造や調合はコリンナの婚約者であるスクワイア侯爵家が担っているから、調合設備はさほど充実していなかった。

これなら、たくさんのミスティ・ブリューを作れるわ。

わたしひとりで調合するから、売りに出すほど量産することはできないものの、この屋敷で働く人々には行き届くかもしれない。

もっとも、ミスティ・ブリューが必要とされればの話だが。

これまではコリンナから防衛するためにミスティ・ブリューを調合していたけれど、もしもだれかの役に立てるのならと考えると、わくわくしてくる。

「ありがとう、お邪魔しました」

厨房をあとにし、ふたたび長い廊下を進み、テラス扉から庭へ出る。

あらためて見ても、やっぱり広大だ。

この空間はもっと有効活用できる——と、勝手に考えてしまう。

わたしは石畳の小道を進んでいた。

通りがかりの、庭師と思しき男性に声をかける。

「お疲れ様。少し話をさせていただいても？」

「へっ」

厨房でもそうだったけれど、わたしが世間話を持ちかけると皆が驚いた顔をする。

慣例として、貴族は仕事を命じること以外で使用人に話しかけないせいだろう。

でもそれでは信頼関係が築きにくいわ。

ハロウズ伯爵領にいたときも、使用人や領民など、領地のために働いてくれる人々とよく世間話をするようにしていた。

「と、とんでもない……失礼します」

庭師はぺこりと頭を下げると、足早に立ち去ってしまった。

その後も、何人かの庭師に声をかけたのだけれど、皆が一様に口を噤み、会話らしい会話ができなかった。

まるで「話をするな」とでも命じられているよう。

いいえ、そんなふうに勘ぐるのは良くないわね。

まだ初日だ。しつこくならないよう気をつけつつ根気強く声をかけていれば、世間話くらいはしてもらえるようになるかもしれない。

庭から屋敷へ戻り、ダイニングへ直行する。ちょうど夕食の時間だ。

ダイニングの長机の末席に、空のグラスとカトラリーが準備されていた。

「アシュレイ様のお席はこちらです」

促されるまま着席する。

運ばれてきた夕食は、パンとスープの二種類。

ごくシンプルなメニューだけれどパンもスープも量が多かったし、とても美味しかった。

なにより毒が入っていないという点が大きい。

こんなにのんびりと食事をしたのは久しぶりだわ。

ハロウズ伯爵邸ではコリンナが毎食もれなく毒物を混入させるせいで、どの料理もひどい味になっていた。

美味しいパンとスープをお腹いっぱい食べることができて満足だ。

食事を終えてダイニングを出ると、レジナルド様に遭遇した。

ドキンッと胸が鳴る。思いがけず彼に会うことができて嬉しいものの、少し緊張する。

それにやっぱり、不機嫌そうなお顔。

その理由はなんだろう――と考える。いったいなにが、彼の機嫌を損ねているのだろう。

「こんばんは、レジナルド様」

膝を折ってレディのお辞儀をする。

あからさまに不機嫌そうな相手に「ごきげんよう」と言うのは憚られたので、夜の挨拶をするだけにした。

顔を上げるころにはまたいらっしゃらなくなっているかも。

そんなことを考えながら上を向く。

レジナルド様はまだそこに佇んでいた。なにを話すでもなく、わたしを見おろしている。

どうなさったのかしら。

「お食事はもうお済みになりましたか？」

尋ねると、彼の眉がぴくりと小さく動いた。

「……ああ」

短く答えて、レジナルド様はくるりと背を向けて歩いていってしまった。

食事がお済みになったのなら、どうしてダイニングの入り口にいらっしゃったのかしら。

彼がなにを考えているのか、さっぱりわからない。

だからこそ知りたくなる。ミステリアスなところもまた魅力的だ。

それにしても、レジナルド様はお声も素敵。

低いのにどこか甘い、そんな声だった。

ほくほくしながら廊下を歩き、あてがわれている部屋に戻った。

そのあとはひとりで湯浴（ゆあ）みだ。

浴槽にきちんとお湯が張られているのはありがたい。実家では自分で湯を沸かして運んでいた。あれはなかなか骨が折れる。

石鹼（せっけん）を泡立てて体を洗いながら、今日を振り返る。

公爵邸に着くまでは不安な気持ちがあったけれど、いまはまったくない。

このお屋敷はすごく快適だわ。

それもこれも命の危険がないから、ね。

これなら、逃げださずに済みそう。

実家では辛いこともあったけれどそれなりに楽しく暮らしていた。ティンダル公爵家では安らかに、もっと楽しくて充実した時間を過ごせそうだ。

わたしはひとりで笑いながら、明日はなにをしようかと心を弾ませた。


翌朝はすっきりと目が覚めた。

手直しをしたドレスを着て部屋を出る。厨房へ直行した。

「おはよう」

キッチンメイドが、怪訝な顔で小さく頭を下げた。

「新鮮で美味しそうなお野菜ね。もしよければじゃがいもの皮むきを手伝わせてもらえない？」

キッチンメイドは「えっ」と短く叫び、ぎょっとしている。

昨日の夕食の品数がふたつだけだったのはキッチンメイドが不足しているのか、あるいはなにか別の意図があるからなのか。

どちらにせよ、なにもせずにはいられない。

そこで、じゃがいもの皮むきを申し出てみた。

ハロウズ伯爵領にいたときは朝早くに薬草の手入れをしていたけれど、いまはなにもすることがないので時間を持て余しているというのもある。

「これでもじゃがいもの皮むきは得意なの。怪我をするようなことにはならないから、お願い」

じつは実家でもよく厨房に出入りして、キッチンメイドの仕事を手伝っていた。

コリンナには「やっぱり母親が庶民だと、そういう庶民的な仕事をしたくなるのですねぇ」と罵られていたけれど、いつどこで役に立つかわからない。

どんな技術であっても、身につけておくに越したことはないのだ。

「では……あの、よろしくお願いします」

キッチンメイドは困惑したようすだったものの、許可は出た。

わたしはナイフを持ち、じゃがいもの皮を剝いていく。「怪我はしない」と豪語したから、いつもよりもっと慎重に手を動かした。

「まあ、お上手ですね」

そばにいたキッチンメイドが呟いた。わたしが「ありがとう」と言えば、メイドは「しまった」とでも言いたげに口を押さえていた。

「もしかして、わたしとは話をしてはいけないと言われている？」

あまりに単刀直入すぎる質問だという自覚はあるけれど、気になるところだ。

「い、いえ……その……そのようなことは……」

しどろもどろになりながら、メイドはそそくさとわたしから離れていってしまった。

焦ってはだめね。

じゃがいもの皮を剝くのと同じだ。何事も焦らず確実に進めていかなければ、不要な怪我を招きかねない。

ミスティ・ブリューの調合もまた然り、じっくりと煮詰めていくほうがよいものが出来上がる。

信頼関係は一日にしてならずだ。

地道にこつこつと物事を積み上げていくのには根気がいるし大変だけれど、達成感はひとしおだ。

その後もわたしは、厨房だけでなく庭や、厩舎に至るまで隅なく顔を出しては、そこで働く人々と少ない言葉を交わしていった。

「――いやぁ、アシュレイ様は本当、植物にお詳しい」

わたしは庭の片隅で庭師と世間話をしていた。

この数日で、庭師の男性とはかなり会話が弾むようになった。ほかの使用人たちとも、もう顔見知りだ。

特にこの庭師とは懇意になったと思う。

日当たりはどうだとか、水やりはどれくらいの頻度でしているのだとか、そういう話ばかりだけれど、話題に困らないほど会話が続く。

「ここは土も良質なんで、薬草だってよく育つと思いますよ」

「まあ、それは嬉しい」

わたしは胸の前に両手を組み合わせて、周囲に目を向ける。

日当たりのよい場所が多い上に土質もいいなんて、ここは宝の土地だわ。

「……なにをしている」

後ろから低い声が聞こえてきた。だれが来たのかわかったわたしはすぐに振り返り、お辞儀をする。

「レジナルド様、ごきげんよう」

とっさに定型句を述べてしまったけれど、彼は今日も機嫌が悪そうだ。むしろ、前にも増して眉間の皺が深い。

なにをしているのかと尋ねられたのだから、答えなければ。

「このお屋敷の土はとても良質なのだと、聞いておりました」

すると彼はますます眉根を寄せた。

「土？　なぜそんなことを気にする」

レジナルド様はやっぱり怒っていらっしゃるのか、つっけんどんな言い方だった。

でもチャンスだわ。

この機会に、ティンダル公爵家の庭を薬草畑にするための第一歩を踏みだそう。

「もしお許しいただけるのなら、この一角に薬草を植えたいのです」

「ハロウズ伯爵家が栽培している薬草か」

レジナルド様が紫色の目を細くする。

「はい。ミスティ・ブリューの原材料となる薬草です」

ドキドキしながら彼の返事を待つ。

この胸の高鳴りは、薬草を植えてもよいか尋ねているからなのか、麗しいレジナルド様を前にして緊張しているからなのか。

薬草の種を実家から持ち込んでいることまでは、さすがにまだ話せない。

この屋敷の庭を薬草畑にする気まんまんだということは、ひとまず伏せておかなければ。

まずは薬草を植えてもいいと、許可を得るところからだ。

彼はしばらく無言だった。じいっと見つめられれば、いたたまれなくなる。それでも、目を逸らさずに紫色の瞳を見つめ返し続けた。

「……好きにしろ」

レジナルド様は踵を返して去っていく。

もっとお話がしたかったと、残念に思ってしまう。

けれどお許しが出たわ！

飛び上がって喜びを表現したいのをなんとか我慢した。そんなふうではさすがに、ハロウズ伯爵令嬢の名折れだ。

「ねえ、さっそく土を整えたいのだけれどいいかしら⁉」

わたしが前のめりになって言うと、庭師は困ったような顔になりながらも笑って「もちろんでございます」と答えた。

「でしたらこの一角をお使いになってください」

庭師が指し示した先には花壇があった。ちょうど植え替えの時期だったのか、まだなにもなくまっさらだ。

「ありがとう、そうさせてもらうわ」

土を耕す道具を借りて、せっせと作業を進める。

そのあとは一度ゲストルームに行き、種を持って花壇に戻ってきた。

「ほうほう、これが薬草の種ですか」

庭師の男性は、わたしが伯爵家から持ち込んだ薬草の種を興味深そうに眺めている。

「ええ。ひとまず試験的に、いろいろな種類の種を蒔いていてみるわ。この種は他の植物にくらべて成長するのが速いのよ」

「そりゃあ興味深い」

庭師の男性もうきうきしているのがわかる。

わたしは意気揚々と薬草の種を蒔いた。

それから厨房へ行き、薬草が収穫できたらミスティ・ブリューの調合のため、かまどと鍋を使わせてほしいと料理長に話した。

料理長は「もちろんです」と快諾してくれた。キッチンメイドたちもまた「楽しみです」と、嬉しい言葉をくれた。

なんて順風満帆なの。

わたしはゲストルームのソファにひとりで座り、にまにまと顔をほころばせていた。

なにもかもがうまくいっている――と、調子に乗っているわたしのもとへ老年の家令がやってきた。その後方には複数のメイドが控えている。

いったい何事だろう。

「使用人たちから、アシュレイ様の行いについて報告を受けました」

ぎくっとしてしまう。

もしかして「作業中に話しかけてきて面倒」だとか「口を開けば薬草だ、ミスティ・ブリューだと喚いてうるさい」だとかのクレーム？

事実なのでなんの申し開きもできない。

「あ、あの……ええと、わたしは……その」

あわてふためきながらも、なにか言いわけしなければと考える。我ながら往生際が悪い。

ところが家令は、どういうわけか深く頭を下げた。

「アシュレイ様。これまでの無礼をどうかお許しください」

「無礼？」

それはわたしのほうではないかと言う前に、家令が口を開く。

「じつは――」

家令が話してくれたのは、ティンダル公爵家には代々、婚約者を試す習わしがあるということだった。

夫人となる者がティンダル公爵家の富と名声に慢心し、浪費の限りを尽くすようではいけないからだという。

もっともな考えね。

うん、うんと何度も頷く。

「わたしは試されていたのね」

薄々そんな気はしていたものの、実家でコリンナから受けていた仕打ちにくらべると格段にかわいいものだ。

家令はふたたび「申し訳ございませんでした」と、謝罪の言葉を口にした。

「それで、わたしはレジナルド様の妻にふさわしいと認めてもらえたのかしら」

不合格だと言われればそれまでだ。

叶（かな）うならばこの家にずっといたい。レジナルド様のことを、まだなにも知らない。

緊張で体が強張るのを感じながら家令の返事を待つ。

「恐れながら、アシュレイ様のほかに務まる者はおりません」

家令が力強く頷くのを見て、わたしは一気に脱力した。

ほっとして、嬉しくて、自然と笑みが零れる。

「よかった……。わたし、このお屋敷にいてもいいのね」

「もちろんでございます。つきましては、お部屋のご移動をお願いいたします」

「部屋の移動？」

「はい。まことに勝手ながら、南に面したお部屋へ移っていただきたいのです」

南に面した部屋なら、庭を一望できるわ。

わたしが「ぜひお願い」と答えると、後方に控えていたメイドたちがいっせいに動きだした。あっという間に荷物を運びだしてくれる。

「さあ、どうぞこちらへ」

わたしは促されるまま廊下を歩く。

案内されたのは、南側にバルコニーがある日当たりのよい部屋だった。レジナルド様の寝室の隣だそうだ。

バルコニーへ出ると、心地よい風を感じた。

薬草畑が完成した暁には、ここからいつでも眺めることができるわ。

そして変わったのは、部屋だけではなかった。

夕食をとるべくダイニングへ行けば、末席ではなく上座に当たる場所に二人分のカトラリーが準備されていた。

「アシュレイ様、こちらのお席へどうぞ」

家令が椅子を引いてくれる。わたしは着席したあとで口を開く。

「入り口から近い席のほうが、料理を運びやすいのではない？」

家令は無言で首を横に振った。

料理長がやってきて、夕食のメニューを教えてくれる。

わたしは「ふふ」と笑った。

「パンとスープだけでもいいのよ？　どちらも美味しいから」

冗談めかして言えば、家令はまたもや首を左右に動かす。

「とんでもないことでございます。今後は贅（ぜい）を尽くした品々を召し上がってください」

「浪費の限りを尽くす妻ではいけないのでしょう？」

「アシュレイ様は、そのようなことはなさいません」

信頼してもらえるのは嬉しい。

「ところで、レジナルド様もお見えになるのかしら」

「はい、間もなく」

「嬉しいわ」

レジナルド様と、初めて食事をご一緒できる。

それだけでもうお腹いっぱいになってしまいそう。

そこへレジナルド様が現れた。わたしは席を立ち、挨拶する。

「こんばんは、レジナルド様」

「……ああ」

相変わらずそっけない返事だ。それでも、こうして斜め向かいに座っていらっしゃることが喜ばしい。食事がもっと美味しくなりそうだ。

「レジナルド様はいつもこのお屋敷でご夕食をとっていらっしゃるのですか？」

国政に参画なさっているから、お城へ行って留守のことも多いのではないかと思った。

「夕食はここでとるようにしている」

「そうなのですね。ご一緒できて嬉しいです」

そこへメイドたちが料理を運んできてくれる。

先ほど料理長が説明してくれたとおりのメニューだ。

春野菜が使われた色とりどりの前菜に、温かなスープと焼きたてのパン。メインディッシュはチキンの香草焼き。デザートのプティングも絶品だった。

すべてが美味しくて頬（ほお）が落っこちてしまいそう。

わたしは甘いものも辛いものも好きなのだけれど、レジナルド様はどうかしら。

あまり話しかけるのでは迷惑？

でも、聞きたいことがたくさんあるわ。

「……なんだ？」

ばっちり目が合ってしまった。

わたしが質問したくてうずうずしていることに、彼は気がついたのだろうか。

「レジナルド様は甘いものと辛いもの、どちらがお好きでしょうか」

おずおずと訊けば、レジナルド様は顎に手を当てて思案顔になった。

「辛いものも食べられるが、どちらかというと甘いものを好む」

「そうなのですね」

相槌を打ちつつ、頬が緩む。こんなふうに考えるのは失礼極まりないけれど、いつも険しい顔つきだから、彼が甘党だなんて――ぴんとこない。

でも、ひとつレジナルド様を知ることができたわ。

不思議と、料理の味が一段と格別になった。


翌朝は早くから慌ただしかった。

なんでも、これから挙式までに数十着のドレスをオーダーメイドで作ることになるのだそうだ。

「けれどドレスならクローゼットにたくさんあるわ。これ以上は不要よ」

メイドと一緒に部屋へやってきた家令が、渋い顔で首を横に振る。

「いいえ。公爵夫人となられるのですから、どこへ出ても一目置かれるような流行のドレスを着ていただきます」

わたしは顎に手を当てて笑う。

「これまでとは真逆のことを言うのね」

家令は困り顔だ。そういう顔が見たいと思っての発言だった。

「ですから、それは――」

「ええ、わかっているわ。そうね、ティンダル公爵様のお顔に泥を塗るわけにはいかない」

かといって、あまり華美なものだと悪目立ちするわ。

それはそれで、公爵夫人としては問題だろう。

「どんな場にもふさわしい流行のドレスを、効率的にオーダーしましょう」

わたしが手直しをしたドレスだってまだまだ着られるけれど、対外的にはやはりそうはいかない。

「効率的に、でございますか」

「ええ。無駄なく効率的に、必要なものとそうでないものを選ぶの」

コリンナが決まってオーダーしていた、宝石が縫いつけられたドレスは、はっきり言って無駄にお金がかかっている。

　宝飾品の類はドレスとは別に必ず身につけるものだ。ドレスにまで宝石があしらわれていると、かえって嫌味（いやみ）なほど豪奢になる。

「アシュレイ様は本当に逞（たくま）しくていらっしゃる」

　感心したようすで家令が言った。

「ハロウズ伯爵領では毎日、薬草畑の手入れをしていたから体力にも自信があるわ」

　右手に拳を作って掲げてみせると、家令は困ったように笑った。

「そう――薬草よ。畑作りを進めたいの。種は伯爵家から持ち込んだものがあるのだけれど、追加の肥料がない」

　庭の土は良質なようだから、それほど多くの肥料は必要ないけれど、ミスティ・ブリューの薬草を育てるには少し足りない。

「ご入り用なものはレジナルド様にご相談なさってみてはいかがです？」

　わたしは「ええ」と相槌を打ってから尋ねる。

「レジナルド様の本日のご予定はどうなっているの？」

「いまこの時間は書斎で執務をなさっています。書類仕事が終われば、城へ行かれるご予定です」

「お手すきのときはあるかしら」

「お城からこの屋敷にお戻りになるのは夕方でございます」

これまでよりももっと多くの時間をレジナルド様と過ごせると思ったけれど、夕方までお預けのようだ。

その間ずっと薬草畑のことを考えているわけにはいかない。

「ティンダル公爵夫人に必要な知識を身につけたいのだけれど、図書室はどこにあるのかしら」

わたしがそう申し出たことが喜ばしかったのか、家令はますます笑みを深めた。

「ご安心くださいませ。すぐに教育係を手配いたしますので、アシュレイ様はこのお部屋で勉学に励んでいただけます」

そうして、公爵夫人になるための教育が始まった。

きちんと務めを果たさなければ――と、わたしは懸命にティンダル公爵家の歴史や慣例について学んだ。

勉学に励んでいれば、あっという間に夕方となった。

教育係が部屋を出ていくなり、メイドが紅茶を淹れてくれた。

「ありがとう」

わたしはソファに座って温かな紅茶を飲みながら、窓の向こうに目を向けた。ティンダル公爵邸の庭はいつ見ても美しい。

ぼうっとしていると、すぐに薬草畑のことが頭に浮かぶから世話がない。

追加の肥料は伯爵家から取り寄せるという手もあるものの、そうなるとコリンナに邪魔されかねない。義妹はわたしがお父様に宛てた手紙であっても平気で覗き見する。

実家に頼れないとなれば、手持ちのお金でどうにかするしかない。けれどそれも、いつかは底をつく。

さてどうするべきかと考えあぐねているところへ、部屋の扉が控えめにノックされた。

「はい、どうぞ」

どこかためらいがちに、ゆっくりと扉が開く。

顔を出したのはレジナルド様だった。

「お戻りになっていたのですね。ごきげんよう」

「……ああ。私に話があるそうだな」

きっと家令が伝えてくれたのだろう。

「はい、ご足労いただきありがとうございます。お時間がございましたら、ご一緒に紅茶を飲みながらお話をさせていただけませんか？」

レジナルド様は無言で頷き、ソファに座った。わたしの斜向かいだ。

そばにいたメイドがてきぱきとレジナルド様のぶんの紅茶を淹れてくれた。

「お城でのお仕事、お疲れ様でございます。このあとも執務をなさいますか？」

そうだとしたら手短に話をしなければならない。

「今日は……もう仕事はしない」

わたしはほっとして、教育係をつけてもらったことのお礼を述べた。

そのあとで本題を切りだす。

「お庭に薬草を植えたいというお話の続きになるのですが――」

植える薬草は限られた場所ではなく、徐々に拡大していきたいこと、この屋敷で働く人々にミスティ・ブリューを試してもらいたいことを提案する。

薬草畑を作ってミスティ・ブリューを調合したいのは、完全にわたしのわがままだ。けれど、ひとりでも多くの人々の役に立ちたいという気持ちも強い。

押しつけがましいという自覚はあるものの、幸いメイドや庭師はミスティ・ブリューに興味を持ってくれている。

きっと役に立てるはずだと、わたしは重ねてレジナルド様にアピールする。

「――いかがでしょう、レジナルド様」

身を乗りだして彼の返事を待つ。わたしが見つめすぎたせいか、ふいっと視線を逸らされてしまった。

「さながら商談だな」

わたしとは目を合わせずに斜め下を向いたままレジナルド様が呟いた。

とたんに不安になる。

「商談はお嫌いですか？」

彼の表情を確認するべく、わたしは身を屈めてレジナルド様の顔を覗き込んだ。

すると彼は驚いたように目を見開いた。

いけない、不躾だわ。

慌てて姿勢を正す。商談を持ちかける婚約者だなんて前代未聞だと、罵倒されてもおかしくない。

さっそく嫌われてしまっただろうかと、不安になった。

「……いや」

レジナルド様の視線がわたしの顔へと戻ってくる。

「それで、この屋敷で働く者たちの暮らしをよりよくするためになにが必要なんだ？」

わたしは胸の前に両手を組み、破顔した。

「ありがとうございます。あの、お言葉に甘えて――まずは肥料です。薬草を育てるにはなによりも土作りが肝要なのです」

わたしが土作りについて熱弁するのを、レジナルド様は時折、頷きながら真剣に聞いてくださった。

「――わかった。すべて揃える」

まさか二つ返事を貰えるとは思ってもみなかった。

わたしは「ありがとうございます！」と、頭を下げる。

そして、無駄な投資にならないよう精いっぱい頑張ろうと、あらためて心に決めた。

それにしても彼は噂とまったく違う。

冷酷なところなんてないわ。

言葉数が少なく、笑みを浮かべることもないのでそういう印象になってしまうのか、あるいは婚約者を試す習わしのせいで、冷酷だという噂が立ってしまったのかもしれない。

眉間に小さな皺を寄せたまま紅茶を飲むレジナルド様を、わたしはそっと見つめた。


よく晴れた休日、わたしは公爵邸の庭にいた。

手直しをした既製品のドレスにさらに手を加えて動きやすくし、農作業用として身につけている。

手袋を嵌めて鍬を握り、土を耕し、肥料を加えてまた耕す。庭師たちと一緒に作業をしているわたしのすぐそばにはレジナルド様がいる。

朝食の席で「今日は土を耕します」と話したところ、レジナルド様はどういうわけかついてきてくださった。

自分の知らないところで庭の土を掘り返されるのはお嫌なのかも。

「わたしに不手際がございましたら、どうか遠慮なくおっしゃってくださいね」

すると彼は眉間の皺を深くしながら「ああ」と答えた。

レジナルド様の表情は浮かない。少しだけ、監視されている気分になる。

むやみに庭を荒らさないようにしなくちゃ。

十二分に気をつけようと心の中で誓って、両手を動かす。

「土を耕して、種を蒔くのか？」

「はい！　じつは薬草の種を実家から大量に持ち込んでいるのです」

つい口を滑らせた。

このお屋敷の庭を薬草だらけにする計画が、さっそく当主に知られてしまった。

「あ、あの……ええと」

言いよどむわたしをよそに、レジナルド様は「へえ」と相槌を打つだけだった。

それ以上は会話が続かなかったので、わたしは作業を進める。

「……耕すのを代わろうか」

急に声をかけられた。わたしは手を止めて彼のほうを向く。

「いいえ、公爵様にそのようなことをしていただくわけにはまいりません」

その返答が意外だったのか、レジナルド様は小さく目を見開いた。

「そういうきみは、本当に伯爵令嬢か？」

ぎくりとしてしまう。

わたしは苦笑いをして「はい、一応」と答えた。

「亡き母親が庶民の出ですから、伯爵令嬢らしからぬところが多々あるのかと存じます」

自分のことなのに他人事のようだと、我ながら思う。

「庶民的な伯爵令嬢では、公爵夫人は務まらないでしょうか」

意を決して尋ねてみた。

レジナルド様は「さあ……どうだろうな」と、言葉を濁す。

「精いっぱい頑張りますので、どうぞよろしくお願いいたします」

鍬を手放してから深々とお辞儀をした。

レジナルド様はというと、無言で頷くだけだった。

彼から信頼を得るのも、公爵夫人としての務めを果たせるようになるのも、一朝一夕では難しい。土を耕すのと同じで、地道に励んでいこう。

畑作業を再開する。レジナルド様はなにも喋(しゃべ)らず、ただそこに佇んでいる。それだけで絵になるから、気になってしまう。

どこからともなく「にゃあ～」と、鳴き声が聞こえた。

植え込みからガサガサッと音がしたかと思えば、二匹の猫が勢いよく飛びだしてきた。

茂みの中を探検でもしていたのか、猫たちのしっぽには草が絡みついている。さながら、よく動く猫じゃらしだ。

猫たちは、お互いにしっぽを追いかけっこしてぐるぐると回っている。

「かわいい！」

なんておかしくて、愛らしいのだろう。わたしは「ふふっ」と声を上げて笑う。

まわりにいた庭師やメイドたちも、皆が笑っている。

ところがレジナルド様だけは、にこりともしていなかった。

唇を引き結んだまま、なにかに耐えるような、苦しんでいるような表情を浮かべている。

どうして？

そこへ家令がやってきた。レジナルド様に「ご来客でございます」と告げる。

「……私ひとりで応対する。きみは作業を続けていい」

「承知いたしました」

この恰好（かっこう）ではたしかに、来客の応対はできない。

それにまだ婚約者という立場だし、ティンダル公爵家の交友関係については勉強中なので、下手に出ていかないほうがよいのだろう。

彼を見送ったあと、わたしはそばにいたメイドに話しかけた。

「レジナルド様は一切、笑みをお見せにならないけれど、なにか理由があるのかしら」

「笑っていらっしゃるところは見たことがございません」

　メイドは困り顔で首を傾げる。

「レジナルド様は昔からあのような感じですなぁ。ただ、以前は少しくらい笑みを見せていらっしゃった気がしますが」

　庭師もまた首を捻っている。

「そう……」

　どうしたら、レジナルド様は笑ってくださるのかしら。

　いや、そもそもわたしは彼に好かれてもいない。

　まずは仲良くなることからだ。地道に励んでいこうと決めたばかりではないか。焦ってはいけない――。

　その日は美しい月夜だった。

　あとはもうベッドに入って眠るだけなのだけれど、窓から見えたまん丸の月があまりに魅力的で、バルコニーへ出ずにはいられなかった。

　心地よい夜風が頰を撫でていく。空の高いところで輝く満月を見ていると心が洗われる。

　隣からガチャッという扉の音がした。

　この部屋と隣室のバルコニーは一続きになっている。

「レジナルド様」

　思いがけず彼と会えて嬉しい。わたしは自然と笑顔になる。

「きれいな月に誘われて、バルコニーへ出てきてしまいました」

「……私も同じだ」

彼はわたしと違って、むすっとしている。

今日はお休みだったけれど、レジナルド様は来客の応対に追われていらっしゃったから、ご機嫌ななめなのだろうか。

レジナルド様はわたしとは少し離れたところで、白い柵に両手をついた。空を見上げて、月を眺めている。

「きみは、ミスティ・ブリューに詳しいのだろうな」

まるで独り言のようだった。彼は天を仰いだままだ。

「その……学者様ほどの知識はございませんが、おおよそのことは存じております」

「ミスティ・ブリューの中には、笑うことができない――というような作用を持つものもあるのか？」

彼と目が合う。バルコニーの壁掛けランプと月の明かりしかないけれど、真剣な眼差しだということがわかった。

「笑うことができない？　いいえ、わたしは聞いたことがありません」

おおよそのことはわかると言った手前、情けないけれど本当に知らない。

「……そうか」

彼は消沈したようすで小さく息をついた。

ミスティ・ブリューの効能はさまざまだから、笑うことができなくなる不思議な薬があってもおかしくない。

わたしは、はっとして口を開く。

「もしかしてレジナルド様は、そのミスティ・ブリューを口になさったのですか？」

彼がゆっくりと頷く。

「ああ、おそらく。スクワイア侯爵の屋敷で晩餐会(ばんさんかい)が行われたのだが、それ以来――まったく笑えなくなった」

「スクワイア侯爵様――」

聞き慣れた名前にどきりとする。スクワイア侯爵様はコリンナの婚約者であり、ハロウズ伯爵家の最たる取引先でもある。

スクワイア侯爵様は、ミスティ・ブリューの製造業を営む傍ら国政にも参画しているから、レジナルド様とも関わりがあるのだろう。

「スクワイア侯爵様が、レジナルド様のお食事に『笑えなくなる』ミスティ・ブリューを混入させた……ということでしょうか？」

「証拠はない。その日の晩餐会には多くの貴族が集っていたから、スクワイア侯爵の仕業だと断言はできない」

今度はひときわ大きく息をつき、レジナルド様は言葉を足す。

「もとからあまりうまく笑えないから、別段困ってはいないが」

「そんな……」

困っていないからといって、そのままにしてよいものだろうか。

「笑うことができないだなんて、まるで呪いです」

レジナルド様の眉がぴくりと動く。

「ごめんなさい、ご不快にさせてしまいましたか？」

「……いや。包み隠さず言えばいい」

なんて寛大なお言葉だろう。

レジナルド様は少しの笑みも湛えていらっしゃらない。けれど、笑うことができないのだとわかったからか、彼の印象が変わった。

怒っているのでは、ないということ。

そういう事情ならば、必要以上に彼の顔色を窺うのはかえってよくない。

「ミスティ・ブリューには必ず対となる薬――反対の作用を持つものが存在しています。ですから、レジナルド様にかけられた呪いを解くミスティ・ブリューは絶対にございます」

わたしは、レジナルド様の笑ったお顔が見たい。

それに、彼に自覚はないのかもしれないけれど、笑いたいときに笑えないというのはやっぱり辛いことだと思う。

おせっかいかもしれない。でも知ってしまったからには、わたしにできることを全力でしたい。

「笑えなくなる作用を打ち消すミスティ・ブリューを調合する方法を、探してみたいです」

まだなにもわからない状態だけれど、意気込みだけは彼に伝えたかった。「包み隠さずに」と、言ってくださったから。

レジナルド様はどこか物憂げな顔で——けれど力強く——頷いた。

第二章　呪いを解く方法

早朝の執務室で、私は羽根ペンをスタンドに預けたあとで息をついた。

婚約者候補を試すというティンダル公爵家の習わしは、正直なところどうでもよかった。

ただ家令をはじめ公爵家で働く古参の者たちはその風習に重きを置いているから、好きなようにさせていた。

だが、ふだんは何不自由なく暮らしている令嬢が、公爵家に来てひたすら冷遇されるなど――耐えられるものか。

冷遇に耐え抜いた私の母や祖母はきっと特殊なのだろう。もしくは、いまほど豊かな時代ではなかったからだ。

だから私としては別段、一生独身でもかまわないと思っていた。ティンダル公爵位を継ぐことのできる親類はたくさんいる。

何人もの婚約者候補たちが三日も保たずに屋敷を逃げだしていった。

しかしアシュレイは、いままでの婚約者候補たちと違った。

そう考えると、彼女も母たちと同じく特殊だということになるな。

使用人たちから報告を受ける前から、アシュレイは自分で考えて行動することができるタイプなのだとわかっていた。

人に頼るばかりでなく、どこへでも自ら足を運んで情報を得ようとしている。そんな彼女をたびたび――執務室の窓や廊下の角からこっそりと――見かけた。

変わり者というか、逞しいというか。

彼女のそばにいて、嫌だと思うことは少しもない。

むしろもっと彼女の人となりを知りたくなる。

口を開けば「薬草」だとか「ミスティ・ブリュー」だとか言っているが、彼女はいつも一所懸命だからか、それが愛らしく感じる。不思議だ。

アシュレイの行動も発言も突飛だというのに――それゆえなのか――惹きつけられる。

このあいだの休日も、彼女が「畑を耕します」などと言うから、興味をそそられてついていってしまった。

慣れたようすで鍬を振り下ろすアシュレイをずっと見ていたくなったのは、彼女が伯爵令嬢らしからぬ珍しいことをしていたからだろう。

あの日は急な来客があり、彼女のそばにいることができなくなったのは残念だった。

アシュレイの作業の邪魔にならないよう、一緒の応対はせずともよいと言ったのを、少し後悔もした。

こんな感情は初めてだ。

彼女が気になって、執務が手につかないこともある。

こんなふうではいけないと思うのに、自分でも無意識のうちにアシュレイのことを考えてしまっている。

それにしても私は彼女にどう思われているのだろう。

笑えないせいで、なにか誤解されている気がするものの、うまい言葉が浮かばずにつっけんどんな言い方になる。

議会や商談では論理的な会話ができるのだが、アシュレイを前にするとどうもだめだ。

笑えなくなったことを、アシュレイは「呪い」だと言っていたな。

まさにそのとおりだ。

スクワイア侯爵ギルとは同じ寄宿学校に通っていた学友だ。しかし彼は昔から、なにかと私に突っかかってくる。議会の場でも、目の敵にされているのをひしひしと感じる。

だからおそらく、笑えない呪いをかけたのはギルだ。彼がミスティ・ブリューの製造業を営んでいることを鑑みても、その可能性が高い。

ただ、証拠がないから明言できないのが口惜しいところだ。

もとから笑うのは苦手だった。無愛想だという自覚はある。

笑えなくなっても、さして困っていなかった――アシュレイと出会うまでは。

私が考えていることを、彼女にはきちんと伝えたい。なぜそう思うのか、理由はわからない。アシュレイがまっすぐだからだろうか。

それに彼女はじつに表情豊かだ。自分にはないものだからよけいに、もっと眺めていたくなる。

表情が、これほど大事なものだとはいままで知らなかった。

幸いアシュレイは「呪いを解く方法を探す」と言ってくれた。私もまた同じだ。

笑えるようになりたい。

彼女と接していると嬉しい気持ちになることばかりだから、それをきちんと笑顔で表現したい。

執務椅子に背中を預けて天井を仰ぐ。

頭の中に浮かんだのは、アシュレイの笑顔だった。

＊＊＊

レジナルド様とバルコニーで話をした翌日。

夫人教育の合間を縫って、呪いを解くための資料探しをするべく、わたしはティンダル公爵家の図書室へ行った。

　さすが、歴史ある由緒正しきティンダル公爵家だ。蔵書が多い。

　薬草やミスティ・ブリューに関する本もたくさんあった。わたしは片っ端から読みあさったものの、笑えない作用をもたらすミスティ・ブリューの記述はどこにもなかった。

　人の表情に作用する薬草は、隣国スマイラ産のものが多い。

　ハロウズ伯爵家では取り扱っていないけれど、王都のマーケットではスマイラ産の種や苗が売られているかも。

　王都には外国から様々なものが集まる。

　いてもたってもいられないわ。

　夕方、わたしはマーケットへ出かけるため玄関へ向かった。そこで、お城から帰ってきたらしいレジナルド様に遭遇した。

「おかえりなさいませ、レジナルド様」

　わたしが声をかけると、彼は「ああ」と答えて言葉を継いだ。

「どこかへ出かけるところか？」

「はい。マーケットへ、薬草の種や苗を探しにいこうと思っています」

　呪いを解くための種を探しにいくのだとは、言わなかった。付き添いのメイドがそばにいる。彼が笑えなくなっていることは、できるだけ他言しないほうがいい。

よからぬ噂が立ってはいけないもの。

屋敷で働く人々を信用していないわけではないけれど、あえて周知することでもない。

ところがレジナルド様は、わたしが「呪いを解く方法を探すため」にマーケットへ行こうとしているのだと勘付いたらしい。

「例の件か?」と尋ねられた。わたしはすぐに「ええ」と答える。

考えてみれば、一般的な薬草の種はわたしが実家から大量に持ってきていることを彼は知っている。

だから、わたしがあらためて探しにいくとすればそれは特殊な薬草の種にほかならない。

「私も同行する」

短くそう言うなり、レジナルド様は屋敷の中に入らず門のほうへ歩きだした。

わたしは慌てて彼のあとについていく。

「一緒に来ていただけて嬉しいのですけれど、よろしかったのですか?」

「問題ない」

お城から帰ってきたばかりで、お疲れではないのかしら。

申し訳ない気持ちになりながらも、わたしは「ありがとうございます」とお礼を述べた。

メイドと、それからレジナルド様に付き添っていた護衛がそれぞれついてきてくれる。

レジナルド様と初めてのお出かけだわ。

思いがけず彼と行動を共にできることが嬉しくて、身も心も弾む。

ティンダル公爵邸の正門を潜り、大通りへ出る。マーケットまでは歩いて数分だ。馬車を使うまでもない。

夕方のマーケットはたくさんの人で賑わいを見せていた。

行き交う人々の視線がレジナルド様に集中している。

そうだわ——なにも考えずに出てきてしまったけれど、本来なら貴族はマーケットに行かないわ。

わたしはというと、領民と一緒に王都まで足を伸ばしてマーケットを散策していたので慣れっこだ。

ハロウズ伯爵領で育てている薬草の種は決まった取引先から仕入れているから、マーケットへ赴いていたのは物見遊山で、スマイラ産のものをわざわざ探したことはなかった。

いっぽうでレジナルド様はマーケットに来たことがないはずだ。

彼はその美貌だけでも人目を引くのだけれど、いまは公爵然とした執務服を着ていらっしゃるからよけいにそうだ。

「……やけにじろじろ見られる」

居心地が悪そうにレジナルド様が呟いた。

「この服のせいか」

そう言うなり彼はジャケットを脱いで、上はドレスシャツとジレだけになった。

それでもやっぱり、衆目を集めている。

「レジナルド様は麗しくていらっしゃるので、目立つのです」

すると彼は怪訝な顔で首を傾げた。どのような服装であってもかっこいいのだという自覚が、まったくないらしい。

「マーケットへいらしたのは初めてなのですね？」

「ああ。これほど人で溢れかえっているとは知らなかった」

レジナルド様は物珍しそうにマーケットの屋台を見渡した。

広場を囲うようにして屋台が軒を連ねており、薬草の種はもちろんのこと果物や野菜なども多く売られている。

その種類もまた豊富だ。果物と野菜だけでなく薬草の種と苗も、国産にかぎらず外国産のものが数え切れないほど陳列されている。

豊富にありすぎて、かえって目移りしてしまう。

けれどあんまり時間をかけていては、レジナルド様のご迷惑になるかも。

彼はお城から戻ったあとも、執務室で仕事をしていることがある。ご多忙なのに、夕食の席には顔を出してくださる。

わたしが正式な婚約者になったから、気を遣ってくださっているのかしら。

申し訳ない気持ちと、一緒に夕食をとることができて嬉しい気持ちが、いつもせめぎあっている。

わたしはレジナルド様が疲れていらっしゃらないか探るため、ちらりと彼を見た。

レジナルド様はいつもと同じ、硬い表情だ。

「……じっくり選ぶといい」

「え──」

わたしが時間を気にしているって、どうしておわかりになったの？

つい、彼のことをじいっと見つめてしまう。

するとレジナルド様は、小さく視線をさまよわせた。

「きみは思いのほか周囲に気を遣っている」

やっと聞き取れるような声だった。

小さな呟き声でも、彼がわたしのことをよく見て理解しようとなさっているように思えて、また嬉しくなる。

わたしは「ありがとうございます」と言いながら頷いて、薬草の種を売っている店主の女性に「少しお尋ねしてもよろしいですか？」と前置きをした。

「はいよ」と、中年の女性がにいっと笑う。

「このような色の種はこの国では見かけません。もしかしてスマイラ産ですか？」

「そうさ。わたしはスマイラから来た行商人なんだ」

「スマイラから！」

これ幸いとばかりに、わたしは店主に「笑えなくなるミスティ・ブリューをご存じですか?」と、こっそり尋ねた。

「ああ、聞いたことがあるよ」

「スマイラにはそういうミスティ・ブリューにお詳しい方がいらっしゃるでしょうか」

「どうだろうねぇ。笑えなくなるミスティ・ブリューはスマイラでもおとぎ話みたいなもんさ。真面目に研究している学者さんなんて、聞いたことがない。それにそんな薬があったって需要がないさ」

たしかにそうだわ。

嫌がらせ以外の用途が思いつかない。調合方法も知られていないとなればなおさらだ。

「存在自体が怪しいし、どんな薬草を使うのかも知らないが、人の表情に作用する薬草の種はこのあたりだよ」

「ひとつひとつ説明をお願いしても?」

「もちろん」

わたしは店主の説明を、ふむふむと頷きながら聞いた。

どの薬草も、笑えなくなるミスティ・ブリューを作るのに関係している気がする。

かといって片っ端から買うわけにはいかないから、厳選しなければ。

悩むわたしをよそに、レジナルド様が「スマイラ産のものはすべて貰おう」と言った。

「毎度あり！」

ほくほく顔で、店主は種を小分けにして紙袋に入れはじめた。

なんという大胆な買いっぷりだろう。

「恐縮です、レジナルド様」

「……自分のために必要なものを買っているだけだ」

ぶっきらぼうな言い方だったけれど、きっとわたしがどれを買おうか悩んでいたことに気づいていらっしゃる。

その後も何軒か見てまわり、当該のミスティ・ブリューに関係がありそうな薬草の種と苗をいくつも購入した。

これは薬草の育て甲斐があるわ。

彼の呪いを解くためなのだから楽しむのは不謹慎だと思いながらも、うきうきする。

「小腹が空くな……」

わたしのすぐそばにいたレジナルド様が、聞き漏らしてしまいそうな小声で言った。

「お仕事でお疲れのところ、引っ張りまわしてしまい申し訳ございません」

「いや、私が勝手についてきただけだ」

空は茜色に染まっている。日没は間近だ。

「……なにか食べるか」

急に歩きだしたレジナルド様についていく。

食事をしにお屋敷へ戻るわけではなさそうだ。ティンダル公爵邸があるのとは逆方向に、レジナルド様は進んでいる。

皆で歩くこと数分。大通りから一本奥まったところに、こぢんまりとしたカフェを見つけた。

木製の看板にメニューの紙が貼られている。美味しそうなケーキの絵がたくさん描かれていた。

「ここに入ろう」

もしかしてレジナルド様、ケーキの絵に釣られていらっしゃる？

そうだとしたら、なんだかほほえましい。

「レジナルド様は、行き当たりばったりの行動はなさらないのだと思っていました」

「私にしては突飛だな。きみに影響されたらしい」

間髪入れずにそう返されたわたしは、何度も目を瞬かせた。

「わたしはそんなに突飛でしょうか」

「ああ。急に畑を耕すだの、マーケットへ行くだのと……思いもしない行動を取る」

「うーー」

呆(あき)れられているのだろうか。不安になる。

「……べつに悪くはない」

その一言で心が軽くなる。足取りもまた同じだ。少し先を歩くレジナルド様を、軽い足取りで追う。

わたしたちは全員でカフェに入った。

「いらっしゃいませ」と、数人の店員が迎えてくれる。わたしとレジナルド様は窓際の席に座った。

「きみたちも食べるといい」

レジナルド様が、メイドと護衛に着席するよう促す。メイドたちは恐縮しながらも、それぞれお礼を述べて席についた。

お優しいわ。

使用人のことを空気くらいにしか思っていない貴族は多い。

コリンナや、その婚約者であるギル様がそうだ。

彼女たちはいつも使用人たちをこき使うばかりで感謝の気持ちを示さない。仕えることが当たり前だとしか思っていないようすだ。

けれどレジナルド様は違う。

思えば、わたしに対してもそうだ。言葉数は少なくても、気遣ってくださっているのがわかる。

そんなレジナルド様はいま、テーブルの上に置かれていたメニュー表とにらめっこをしている。どのケーキを食べるか、迷っているらしかった。

かわいいと思ってしまうのは、レジナルド様に対して失礼よね。

それから少しの間があって、レジナルド様はメニュー表から目を逸らした。

するとタイミングを見計らったように、店員がやってきた。

「これを頼む」

レジナルド様が指さす。店員は「かしこまりました、生クリームたっぷりクマがいっぱいケーキでございますね」と、レジナルド様が注文した品を読み上げた。

「ふ――」

わたしは笑いだしそうになり、ぐっと堪える。

ここは、笑ってはいけない。仏頂面のレジナルド様が選んだケーキがとんでもなくかわいいからといって、声を上げて笑うなんて失礼すぎる。

笑いたいのに笑えないというのは辛いわ。レジナルド様もいつもこんなお気持ちなのかしら。

「……きみはどうする?」

訝しまれている。笑いを堪えるために、おかしな顔になっているのかもしれない。

「わ、わたしも……同じものをお願いいたします」

やっとの思いで声を出せば、店員が先ほどと同じようにケーキの名前を読み上げたので、いよいよ堪えるのが辛くなり、わたしは口元を手で覆った。

「楽しそうだな」

ケーキを待っているあいだ、レジナルド様がぽつりと呟いた。

「はい、すごく」

レジナルド様のいろいろな一面を見ることができている。

「——お待たせいたしました」

戻ってきた店員が、円いテーブルの上にケーキと紅茶を置く。

メニューの絵に描かれていたとおり、クマの顔の形をしたスポンジが三つ並べられ、たっぷりの生クリームでデコレーションされていた。

「かわいい！」

つい感嘆の声を上げてしまう。いっぽうでレジナルド様は、わたしの言葉に同意も否定もなさらなかった。フォークを手にして、クマの顔を切ろうとしている。

切りわけてしまうのがためらわれる。彼もそうなのか、少しのあいだフォークが止まっていた。

それにしても美味しそう。

食欲に負けて、クマの顔にフォークを入れる。中にはイチゴがサンドされていた。ますます食欲をそそられる。

わくわくしながら、ケーキの一欠片を口にした。

んん――生クリームが蕩けていくみたい。

幸せな気分に拍車がかかる。生クリームの甘さとイチゴのほどよい酸味、柔らかなスポンジが絶妙にマッチしていて美味しい。

幸せなため息をつきながら正面を見遣る。

以前レジナルド様は甘いもののほうが好きだとおっしゃっていたけれど、とてもそんなふうには見えない。

笑えない呪いのせい？

レジナルド様のことをじいっと観察してみる。表情以外の部分で、彼の気持ちの変化を摑めないだろうか。

しだいに、彼の目が輝いている気がしてきた。

本当に気のせいかもしれないけれど、嬉しそう。生クリームがたっぷりのケーキを、レジナルド様は無言でぱくぱくと食べすすめている。

わたしもまたフォークを動かす。ああ、いくらでも食べられそう。

「美味しいですね」

話しかけると、レジナルド様はフォークを持つ手を止めた。

「きみは……いつもにこにこしているな」

「はい。ティンダル公爵家でお世話になりはじめてからは、もっと笑顔が増えました」

実家にいたときも、どれだけコリンナに虐められても笑顔を絶やさないようにしていた。

けれどレジナルド様のそばにいられるようになってからは、自然と笑みが零れる。

毎日がとても充実していて、楽しい。

「レジナルド様のおかげです。ありがとうございます」

「私は、これといってなにもしていない」

そんなことはない。畑を耕しにいくのも、マーケットへ買い物へ行くのにもついてきてくださったし、いまもこうしてカフェでのんびり過ごしている。

けれどこれ以上は、なにを言っても彼が謙遜してしまいそうだから、ただ笑顔でいるだけにした。

屋敷に戻ったあと、レジナルド様はまだ執務があるそうなので、エントランスホールで別れた。

そうだ、仕入れた種について図鑑で調べよう。

実家から持ち込んでいる分厚い薬草図鑑があれば、スマイラ産の種がどのような薬草に育つのか把握できる。

私室へ向かう途中、ずっと付き添ってくれているメイドに「あの」と話しかけられた。

「アシュレイ様はレジナルド様と仲良くなられたのですね。例の件、というのがどういったことなのか――とても気になります」

マーケットへ行くべく屋敷を出たとき、レジナルド様はたしかに「例の件だろう？」とおっしゃっていた。

「けど、おふたりだけの秘密なのですよね？」

メイドは残念そうな口ぶりだったけれど、にこにこしている。

ふたりだけの秘密。

トクンと胸が鳴る。なんだか甘い響きに思えてくる。

今日は甘いものづくしだわ。

そしてそれは、次の休日になっても続く。

わたしはレジナルド様から声をかけられ、ティンダル公爵邸のサロンにいた。

テーブルの上に置かれているケーキスタンドには、美味しそうなフルーツタルトが円状に並べられている。

「どなたかご来客でしょうか？」

テーブルの向こう側に立っていたレジナルド様に訊いた。

「いや、私たちだけだ。座ってくれ」

　ということは、このフルーツタルトを気兼ねせず食べてもよいということだ。

　我ながら食い意地が張っていると思いながらも、わたしは「ありがとうございます」と言って着席した。テーブルを挟んで向かい側に彼が腰を下ろす。

　給仕のメイドから飴色(あめいろ)の紅茶を受け取り、さっそく一口飲む。

　向かいにいるレジナルド様もまた紅茶を飲んでいる。

　ティーカップのハンドルをつまんで口に運ぶという単純な仕草なのに、彼はいつも洗練された優美な動きをするから、つい見とれてしまう。

「好きなものを食べるといい」

「はい、お言葉に甘えて」

　そばにいたメイドから「どのタルトになさいますか?」と尋ねられた。

「そうね――オレンジのタルトをお願い」

　小皿に取り分けてもらったオレンジタルトを口に入れる。

　ティンダル公爵家おかかえの料理長が作ってくれたのだろう。色とりどりのフルーツタルトは美味しすぎて、頬が落っこちてしまいそうだ。

　レジナルド様も、わたしと同じオレンジタルトを召し上がった。

　前回のカフェに続いて、このところはまったりと紅茶を飲み、甘い物を食べてばかりいる。そろそろ本格的に畑を耕さなければ、太ってしまいそうだ。

マーケットで仕入れたスマイラ産の種を植えるため、広い範囲で畑を耕す必要があるからちょうどいい。

そういえばレジナルド様は、なにかお話があってわたしをここにお呼びだしになったのではないかしら。

いまのところ彼は口を閉ざしたままだ。フルーツタルトを食べるために口を開けてはいらっしゃるけれど、会話はない。

そうして数種類のフルーツタルトを、もうこれ以上ないというくらいに食べたあとのことだ。

「……これを」

レジナルド様が、テーブルの上に小箱を差しだした。

なにかしら？

わたしは首を傾げながら箱を手に取る。

「すぐに開けてみてもよろしいですか？」

「ああ」

ベルベットで覆われた緑色の小箱の蓋をそっと開く。

中に収められていたのは指輪だった。

大粒のエメラルドの周囲に、いくつものダイヤモンドが散りばめられている。

「婚約の……証だ」

つまりこれは、婚約指輪ということ。

「ありがとうございます、レジナルド様」

発した声は震えていた。感動しすぎているせいだ。

どうしよう、すごく嬉しい。

婚約者を試すというティンダル公爵家の習わしを無事に乗り越えたご褒美なのだろう。

ティンダル公爵家の皆に認められたのだという実感が湧いてくる。

わたしは美しい指輪をひたすら眺めて満悦していた。

「……つけないのか」

「あ——そうでした」

眺めているだけでは「婚約の証」にならないわ。きちんと身につけなくちゃ。

いそいそと指輪を手に取り、薬指に嵌める。

「サイズは問題なかったか？」

「はい！」

そう答えたあとで疑問が湧く。

「サイズがおわかりにならないのに、用意してくださったのですか？」

「……目算で準備した」

「も、目算……！」

思いもしない返答だった。わたしはつい「ふふっ」と声を出して笑ってしまう。

彼はやっぱり険しい顔つきだけれど、心の中では笑んでいるような気がした。

「もしもサイズが合わなければ、作りなおすつもりだった」

どこかばつが悪そうに、レジナルド様は視線を逸らす。

わたしは笑顔のままこくこくと頷いた。

「レジナルド様は効率を重んじて、なんでもきちんとされていらっしゃるのだとばかり思っておりました」

「執務に関してはそうだ。その……指輪は、サプライズにしたかった」

「そうなのですね。ありがとうございます。思いがけないことで——本当に嬉しいです」

あらためて指輪を見る。

いままで身につけたどんな指輪よりも、きらきらと輝いて見える。

心がじわりと熱くなっていくよう。

甘いひととき、だわ。

実家で苦労していたころが、遠い昔のように思えた。

朝陽が昇ったばかりの時間に、わたしは庭で畑を耕していた。

マーケットで仕入れた大量の種を植えるためだ。

「ふう……」

今日は庭師たちも総出で手伝ってくれているものの、まだ予定の半分も耕せていない。

手を止めて額の汗を拭う。

「あれ――」

いつのまにいらっしゃったのか、畑のそばにレジナルド様の姿があった。

「おはようございます、レジナルド様」

彼は短く「おはよう」と返す。

本日のレジナルド様は普段と装いが違った。シンプルなシャツに黒いトラウザーズという軽装だ。

レジナルド様は一歩、二歩とわたしに近づいてくる。

「今日こそ私も畑を耕す」

その言葉に、ただならぬ意気込みを感じた。

以前、彼が畑を耕すのをお断りしたから？

畑を耕すだなんて公爵様がすることではないけれど、それを言うならわたしもだ。

いまここにいるのは庭師やメイドといった身内ばかりだから、問題ないだろう。

「恐縮ですが、よろしくお願いいたします」

わたしが言うと、そばにいた庭師がレジナルド様に鍬を手渡した。高貴な彼には金の鍬を献上したいくらいだけれど、いまここには鉄製のものしかない。

レジナルド様は鍬を受け取り、さっそく耕そうとしていた。

「あの……レジナルド様。鍬はこのように持つほうがよろしいかと」

わたしが教える立場だなんて畏れ多いけれど、レジナルド様はごく真剣な顔つきをなさっている。その熱意に少しでもお応えしたい。

「……そうか」

レジナルド様はすぐに持ち方を変えてくださった。

素直に受け入れてもらえて嬉しくなる。

彼が鍬を振り下ろす。ドッ……と大きな音がして、鍬が土に沈み込んだ。

「わあ！　レジナルド様は力持ちですね」

「……そうか？」

表情を変えずに、レジナルド様は言葉を足す。

「それで……こう、掘り起こせばいいんだな？」

彼が作業するのを、わたしはうんうんと頷きながら見守る。

「はい、すごくお上手です」

レジナルド様はわたしのほうをちらりと見たあと、ふたたび土に目を向けて鍬を動かしはじめた。

さあ、わたしも頑張らなくちゃ。

別の区画へ移動しようとしていると、レジナルド様に「どこへ行く」と呼び止められた。

「あちらの畑を耕そうかと」

「ここを耕してからではだめなのか」

もしかして、ひとりで耕すのでは心細いのかしら。

「では、ご一緒させていただきます」

といっても、あまり密接していてはお互いの鍬が当たりかねないから、同じ区画の反対側を耕すことにした。

黙々と手を動かす。

ピチ、ピチチ……という鳥の囀り(さえず)を耳にしているからか、あるいはレジナルド様がそばにいてくださるからか、とても心地がよい。

なんとなく視線を感じて彼のほうを向けば、ばっちり目が合った。

「なにかわからないことがございますか？」

「……問題ない」

わたしは彼に笑いかけて、畑の整備を進めた。

肥料を加えつつ耕す作業を終えれば、あとは種蒔きだ。

スマイラ産の種をレジナルド様や庭師に配り、それぞれ蒔いてもらう。

大人数で行えばあっという間だ。

わたしはあらためて畑を見まわした。あと二週間もすれば、ここは立派な薬草畑になっているはずだ。

ミスティ・ブリューの薬草は、どの産地であっても成長が早いから、そう長くは待たなくていい。

——と、安心するのはまだ早いわ。水やりをしなきゃ。

そう思った矢先、頬にぽつりと冷たいものが当たった。

空を見れば、黒い雲が立ちこめていた。やがて雨が降りだす。そう強い雨ではないものの、このまま外にいたのではずぶ濡れになってしまう。

わたしたちは雨から逃れるため、テラスの軒下へ移動した。

さっきまであんなに晴れていたのに。

メイドたちが「タオルを持ってまいります」と言って屋敷の中へ入っていく。わたしとレジナルド様は軒下で待つことにした。

雨に濡れたレジナルド様には、えもいわれぬ破壊力がある。水も滴るなんとやらだ。

鍬を持って畑を耕していらっしゃる姿もそうだったけれど、雨に濡れているいまも様になる。

わたし——レジナルド様のことが好き。

彼のなにもかもが愛おしく思える。レジナルド様がなにを考えているのかわからないことも多いというのに、一方的に好きになってしまっている。

お優しくて、心遣いに溢れていらっしゃるから。

今日、畑を手伝いにきてくれたのも、わたしと庭師だけでは大変だろうとお考えになってのことだろうと、いまになって思い至った。

レジナルド様のことをもっと理解したい。

彼のことをもっともっと知りたいと渇望していたせいか、レジナルド様がわたしを見つめていることに、しばらく気がつかなかった。

わたしの髪もまた濡れていたらしい。レジナルド様が、わたしの髪にそっと触れる。

ドクンと胸が鳴る。

彼の手のひらは大きい。わたしとは全然、違う。

身長だって、見上げなければならないほど彼のほうが高い。

あ——いけないわ。話があるわけではないのにまた、無遠慮に見つめてしまっている。

庭のほうへ向き直る。

通り雨だったらしく、しだいに小降りになってきた。

すると突然、レジナルド様が空に向かって指さした。その先を目で追う。

雨粒が煌めく空に、虹の橋が架かっていた。強い風が吹いて、雨粒が輝きを増す。

きらきらとした世界が、目の前に広がっている。

「きれい……」

単純な言葉しか出てこない。けれどレジナルド様も「ああ」と、相槌を打つだけだった。

ふたりとも虹の美しさに魅入って、上の空だ。

好きな人と一緒に、こんなにきれいな虹を見ることができる。もうそれだけで幸せだ。

そこへ、メイドがタオルを持ってきてくれた。濡れた髪や服を拭いているあいだに、雨が完全に止んだ。

畑は、いい具合に濡れて湿り気を帯びている。

わたしは胸の前で小さくパンッと手を合わせた。

「先ほどの雨のおかげで、水やりをする手間が省けました」

「きみは前向きだな」

何事にも前向きなのが取り柄だと思っている。わたしは「はい、ありがとうございます」と答えて、力強く頷いてみせた。


挙式に向けた準備は着々と進んでいた。

今日はウェディングドレスをオーダーするため、サロンで仕立屋と打ち合わせをする。

どういうわけか、レジナルド様も同席してくださっている。わたしとレジナルド様はソファに並んで座っていた。

「いやぁ、このたびはおめでとうございます」

サロンにやってきた仕立屋の男性に「ありがとうございます、どうぞよろしく」と挨拶した。

男性はさっそく、ウェディングドレスのデザイン画と、生地の見本をローテーブルの上に並べた。

どのデザインも魅力的だわ。

どれかひとつに決めるのは骨が折れそうだ。

それに、レジナルド様の隣に立つのだもの。わたしだけでデザインを決めてしまうわけにはいかない。

わざわざこの場に同席なさっているのだ。なにか意見をくださるだろうと思っていた。

ところがレジナルド様は一切口を出さずに、仕立屋の男性がデザイン画の説明をするのを、ひたすら静聴なさっている。

わたしたちがなにも喋らないので、仕立屋の男性は逆に困っているようだった。

「ええと——流行のデザインはどれでしょう?」

尋ねれば、男性は「待ってました」と言わんばかりに顔を綻ばせて、二枚のデザイン画を中央に置いた。

「いま流行りのデザインはこのふたつでございます」

「まあ、どちらも素敵ですね」

心からの言葉だった。

わたしはちらりとレジナルド様を見遣る。

「ええと――レジナルド様のお好みはどちらでしょう？」

「きみの好きに決めたらいい」

正直なところ、いままでコリンナのお下がりのドレスばかり着ていたせいか、流行りのものであればデザインにはこだわりがない。

ただ、流行遅れのものではレジナルド様に恥をかかせてしまうかもしれないから、それだけが心配だ。

「わたしは、レジナルド様がお好きなほうにしたいです」

言ってしまったあとで、少し恥ずかしくなった。

だって、レジナルド様に気に入られたくて必死になっているみたい。

いや、実際のところそうだ。

彼の好みのドレスを着たいと思ってしまっている。

レジナルド様はわずかに目を見開くと、顎に手を当てた。

「どちらでも似合うが、こちらのほうが……もっときみに似合う」

彼が指さしたのは、ドレスの裾にフリルレースが何層にもあしらわれたものだった。

「ではこちらのデザインにいたします」

するとレジナルド様は小さく頷いた。

「仲睦まじいごようすで！　羨ましいですなぁ」

仕立屋の男性にそう言われて嬉しくなったものの、返答に困る。

わたしとレジナルド様は仲がいい、の？

彼について、まだまだ知らないことばかりだ。

なにをお考えなのか、摑めないことも多い。

レジナルド様は、傍らで唇を引き結んでいる。不機嫌であってもそうでなくても、笑えない呪いのせいで険しい顔つきをなさっている。

このところ舞い上がってばかりだけれど、彼の呪いを解く方法をしっかりと探らなければならない。

「それではおふたりとも！　こちらのデザインをもとに、アシュレイ様にぴったりのアレンジを加えてまいりたいと思います」

仕立屋の男性と、デザイン画をもとに細やかな箇所も相談を重ねていった。

打ち合わせが終わり、メイドたちもサロンを出ていったあと、わたしとレジナルド様はふたりきりになった。

「あの、お尋ねしたいことがございます。スクワイア侯爵様主催の晩餐会に出席なさったときのお飲み物ついて」

レジナルド様は「ああ」と答えて頷く。

「なにを飲まれたのか、覚えていらっしゃいますか？」

「あのときは――赤ワインだけだ」

「赤ワイン、ですか……。おかしな味はしなかったのですよね」

「別段、変わった味はしなかったと記憶している」

「笑えなくなるミスティ・ブリューはおそらくワインに混入していたものと思われます。というのも、スマイラ産の種からできる薬草は赤色のものが多いのです」

マーケットへ行った日、分厚い図鑑と種を何度も見ながら調べ上げた。

「あとは、笑えなくなるミスティ・ブリューにどの薬草が使われたのか特定できればよいのですが――手持ちの図鑑には記載がありませんでした」

「この屋敷の図書室に、その手の図鑑は置いていないか」

「はい。一般的なミスティ・ブリューや薬草に関する本はありましたが、スマイラ産のものについては……」

　わたしは左右に首を振る。

「スマイラ国の有識者を当たってみるか」

　レジナルド様は窓の外を見る。

「そういえば、ギルはスマイラ国の王族と仲がよかったな」

　ミスティ・ブリューの製造業を営むスクワイア侯爵ギル様は、国内だけでなく国外にも薬を卸している。そのせいで、スマイラ国の王族とも親交が深いのだろう。

　なんだかますますギル様が怪しく思えてしまうわ。

　けれどいまは、犯人捜しよりも呪いを解くほうが先決だ。そして、これ以上レジナルド様が危険にさらされないようにするのも肝要である。

「挙式の晩餐会で振る舞うワインはすべて白にしていただくほうがよろしいかと存じます。ほかのお飲み物も、できるだけ透明のものがよいかと」

「わかった。そうしよう」

　レジナルド様は小さく息をついた。

「……悪いな。よけいなことに気を遣わせている」

「いいえ！　とんでもないことでございます」

　挙式もそうだけれど、その後の晩餐会も、一生に一度だけだ。念には念を入れて、万全を期さなければ。

なんだかいまから緊張してきてしまう。楽しみにしている気持ちも、もちろんある。

わたしはこっそり息を整えて、挙式当日に思いを馳せた。


公爵夫人教育に薬草畑の整備、笑えないミスティ・ブリューの調査など、慌ただしい毎日を過ごしているとすぐに挙式の日となった。

わたしは何人ものメイドに囲まれてドレッシングルームにいた。

大鏡の中にいるわたしは、いまだに実感が湧かないといった顔をしている。

ウェディングドレスはデザイン画のとおりに、裾にフリルレースが何層も重ねられていて、わたしが体を動かすたびにひらひらと軽やかに揺れる。

レジナルド様と一緒に打ち合わせをして決めたデザインだからか、特別感が凄まじい。

もとより、このドレスは一生でいましか身につけない。特別の極みだ。

わたし――とうとうレジナルド様の妻になるのだわ。

純白のウェディングドレスを着て、髪を結い上げてもらい、ばっちりお化粧も施してもらったことで喜びが込み上げてくる。

嬉しい。けれど、レジナルド様は？

わたしのことをどうお考えになっているのだろう。鏡の中で、碧い瞳が小さくさまよう。

最近はそのことばかり気にしてしまう。

幸せで充実した毎日を送っているのに、彼に必要とされたいと思うなんて――きっと贅沢だ。

わたしが他の令嬢よりも逞しかったから、婚約者の座を摑み、結婚することになった。熱烈に求められて結婚するわけでは、ない。

わかっていたことだ。

でも、だからこそこれからレジナルド様と仲良くなって、信頼を勝ちとるのだ。

わたしは気合い充分でドレッシングルームを出た。

メイドたちに裾を持ってもらいながらエントランスホールを抜けて、屋敷の外へ出ると、無蓋馬車の前にレジナルド様が佇んでいらっしゃった。

彼の装いはわたしと揃いになるよう仕立てられている。といってもレジナルド様の衣装にフリルレースはなく、胸元に月桂樹の地模様が入っている点がわたしのドレスと同じだ。

「申し訳ございません、お待たせいたしました」

お詫びの言葉を述べたあとは、なにも言えなくなった。

彼の麗しさを見慣れる日は一生こないという自信がある。

太陽の光を浴びて、衣装がきらきらと煌めいているようだった。

レジナルド様は、なにを言うでもなくただわたしを見ていらっしゃる。わたしもまた同じだ。目の前の美しさに呑まれてしまって、少しも動けない。

「……レジナルド様、アシュレイ様。馬車の準備は万端でございます」

そばにいた老年の家令が言った。馬車に乗るよう促されている。

「ああ……」

どこか上の空で返事をして、レジナルド様はわたしに右手を差しだしてくれる。わたしはその手を取って、彼と一緒に無蓋馬車へ乗り込んだ。

すぐに馬車が走りだす。

空だけでなく心の中も、よく晴れている。

わたしは清々(すがすが)しい気持ちで馬車に揺られていた。ふと隣を見れば、レジナルド様の黒髪が風にそよいでいた。

彼のことをいつまでも見ていたくなる。

目を逸らしてしまうのがもったいないと思うくらいだ。

不意に彼がわたしのほうを向いた。

いけない、無遠慮に見つめすぎたのだわ。

黙っているのもなんだか気まずい。

「いいお天気で……よかったです」

「そうだな」

それで会話が終わった。なにか話題はないかと必死に考える。もっと話を弾ませたいのに、ほかにはなにも思いつかなかった。

彼の麗しさに圧倒されて、どぎまぎしているせいだ。

「その——ドレス。デザイン画のとおりだな」

「そう、ですね」

ぎこちない話し方になってしまった。

落ち着いて、きちんとした振る舞いをしなければ。わたしは『ティンダル公爵夫人』になるのだから。

彼の恥になるのだけは避けなければならない。

馬車は蹄と車輪の音を響かせながらゆっくりと進む。しだいに目的の教会が見えてきた。

雲ひとつない青空を背景に、いくつもの尖塔を有した荘厳な教会がそびえ立っている。

馬車を降り、教会の中へ入る。そこにはすでに、数えきれないほどの参列者がいた。

赤い絨毯の上をレジナルド様と連れ立って歩く。

司祭の前に立てば、気が引き締まる。わたしは司祭の言葉を、ひとつひとつ胸に刻んでいく。

「——それでは、誓いのくちづけを」

司祭に促されたわたしとレジナルド様は、それぞれ体の向きを変えた。

曇りのない紫色の瞳が、まっすぐにわたしを見つめてくる。その美しさに深く囚われて、瞬きができなくなった。

トクントクンと小さく鳴っていた心臓の音が、ドクンドクンという大きなものへ変わる。

緊張感と、これから唇を重ね合わせるのだという淡い期待感で、胸がいっぱいになる。

そっと――まるで壊れものに触れるように――両肩を摑まれた。

くちづけは、レジナルド様のほうからしてくださることになっている。だからわたしは、目を瞑って待っていればいい。

そう、なにもせず立っているだけだというのに、心臓が早鐘を打ち、どうにもいたたまれなくなっていた。

彼に両肩を支えられていなければ、ふらついていたかもしれない。

しっかりしなくてはと思うのに、彼の端正な顔が近づいてくるにつれてますます胸が高鳴り、たとえようのない焦りが募る。

そうだ、目を閉じなくちゃ。

呼吸もままならないほど緊張しながら視界を閉ざす。

一瞬だけ、柔らかな唇の感触がした。

えっ……もう、終わり？

目を開けると、レジナルド様の顔はもう遠くにあった。

彼の唇をもっと味わいたかった――と思うなんて、神の御前だというのに煩悩が過ぎる。

ひとりで恥ずかしくなり、頬が熱を持つ。

誓いのくちづけが終わってもなお、じいっと見つめられているものだからよけいに慌ててしまう。

「これにて誓約と成りました」

司祭の声で、わたしたちはまた正面を向いた。

愛の誓いが成立した。わたしたちはもう、夫婦。訳もなく、くすぐったい気持ちになる。

教会をあとにし、晩餐会に臨(のぞ)む。

コリンナとギル様は、幸か不幸か挙式にも晩餐会にも欠席だ。

義妹と顔を合わせずに済むことにほっとしてしまう。

それにギル様にしても、もしもご出席だったら警戒してしまうわ。

レジナルド様の采配で、会場で振る舞われるワインはすべて白、ほかはシャンパン、ジュースもまた無色透明のものだけになっている。

飲み物になにかしらのミスティ・ブリューを混入されるのを防ぐためだ。

ギル様は欠席だから、取り越し苦労かもしれないけれど、警戒しておくに越したことはない。

大広間には無数の円卓が置かれ、豪華な料理が並んでいた。椅子はすべて満席だ。

晩餐会は賑やかに、和やかに、滞りなく進んだ。

わたしとレジナルド様は、食事もそこそこに挨拶ばかり交わしていた。もとよりわたしたちには食事を楽しむ余裕がない。社交第一である。

刻一刻と時間が過ぎ、無事に晩餐会が終わる。

ああ――これで一安心ね。

肩の荷が下りる気持ちで、わたしはメイドに促されるまま私室へ向かった。

「今夜からは主寝室でお休みになられますね。張り切って準備をいたしましょう」

私室に着くなり、壮年のメイドが満面の笑みでそう言った。

「しゅしんしつ……」

しゅっ、主寝室⁉

そうだわ。夫婦になったのだから、同じベッドで眠るのは当然のこと。

いや、ただ眠るだけではない。夫婦には営みというものがある。そのあたりも、夫人教育の一環でしっかり指導を受けている。

しかしながら、挙式と晩餐会で粗相のない振る舞いをするのに精いっぱいだった。だから、これから初夜を迎えるのだということをすっかり失念していた。

「さあさあアシュレイ様、湯浴みの用意は整っております」

「え、ええ。ありがとう、お願いね」

メイドに湯浴みを手伝ってもらいながら、心の中で「どうしよう、どうしよう」と繰り返す。

湯浴みを終え、香油を塗ってもらっているあいだも、時間とともに緊張感が増していった。挙式や晩餐会のときよりもさらに、体が強張っている。

「アシュレイ様、あまり緊張なさらずに――というのも難しいかもしれませんが、どうぞリラックスなさってくださいな」

経験豊富そうなメイドが声をかけてくれたものの、わたしは相変わらず硬い声で「ええ」と答えるばかりだった。

右手と右足、左手と左足が同時に出てしまう勢いで主寝室へ向かう。

メイドたちはにこにこしながら主寝室の扉をノックして、わたしを室内へ放り込む。実際にそうされたわけではないけれど、取り残されたように感じた。

ううん、そんなふうに思うのはレジナルド様に失礼よ。

彼からひどいことをされるのではないのだ。ただ、破瓜(はか)は痛むというだけ。

わたしは覚悟を決めて、ソファに座っているレジナルド様に目を向ける。

彼もまた湯浴みを終えたばかりのようだった。黒髪はまだ少し濡れていて、肌はふだんよりもわずかに赤みを帯びている。

わたしとレジナルド様が身につけているバスローブは同じものだけれど、彼の胸元がわたしよりもはだけているからか、やけに官能的だ。

「座らないのか」

レジナルド様はむっとした表情で、唸るように言った。

「あ……ご、ごめんなさい」

彼の艶っぽさにあてられて、立ち尽くしてしまっていた。

わたしは慌てふためきながら、レジナルド様の向かい側のソファに腰を下ろした。

すると彼の眉間の皺が深くなった。

え——どうして?

さっそくなにか粗相をしただろうか。緊張しているせいで頭が働かない。

わたしは彼の顔をじっと見つめる。つい、その唇に目がいく。

教会で交わした誓いのキスを思いだしてしまい、よけいにドキドキしてきた。

これから、キス以上のことをするのだもの。

足の付け根のあたりがトクッと脈を打った。それが良いのか悪いのか、閨についてのあれこれも、夫人教育の一環で学んだというのに思いだせない。

「……食べるか?」

レジナルド様が唐突に口を開いた。

テーブルの上には軽食と、赤ワインが用意されていた。

「はい、いただきます」

晩餐会ではほとんどなにも口にしなかったから、お腹は空いている。

サンドイッチもチーズも、美味しそう。

どれから食べようかと迷っていたのだけれど、レジナルド様がワインボトルのキャップを開けたことではっとした。

「お注ぎいたします」

ぼうっとしていてはだめ。晩酌をするのだって、公爵夫人としての務めに違いない。

わたしはふたつのグラスに赤ワインを注いだ。そのうちのひとつをレジナルド様に渡す。

グラスのステムをつまんで、レジナルド様と乾杯した。

ごくごくごくと、勢いよくワインを呷る。喉が渇いていた。

「酒に強いのか」

驚いているような口ぶりだった。

「えっ？　い、いいえ……あまり強くはありません」

だったらどうして、こんなにも勢いよく飲んでしまったのと自問する。

動転しすぎよ。

わたしは視線を落としてこっそり深呼吸をしたあとで、自分自身に「落ち着いて」と言い聞かせた。

上を向き、彼のようすを窺う。レジナルド様のグラスが空になったところだった。わたしは酌をしながら尋ねる。

「レジナルド様は、赤ワインのほうがお好きですか？」

「どちらかといえばそうだ」

またひとつ彼の好みを知ることができて嬉しいものの、晩餐会で白ワインのみを振る舞ったのは不本意だったかもしれないと心配になった。

「……晩餐会では、私はワインを飲むつもりがなかった」

わたしが、よけいな提案をしてしまったのではないかと不安がっていることに、レジナルド様は気づいていらっしゃる。

やっぱりお優しい方。

いつも細やかに気を配ってくださる。

けれどわたしは？

レジナルド様のお心が、いまだにわからないでいる。

彼は目を伏せてワインを飲む。その長い睫毛(まつげ)が、目元に影を落とす。

呪いのせいで彼にはいつも笑みがない。それは、わかっている。

けれど表情が硬いのは呪いのせいなのか、あるいは本当に機嫌が悪いのか、判別がつかないのだ。

コトンと、空のワイングラスがテーブルの上に置かれる。

レジナルド様はもう二杯、あっという間にワインを飲んでしまわれた。わたしはふたたびボトルを手にして、グラスにせっせとワインを注ぐ。

「レジナルド様はお強いのですね、お酒」

「そう……だな。弱くはない」

「夜はよくお飲みになるのですか？」

「休前日には飲むことが多い」

なるほど、明日は休みだ。無事に一大イベントを終えたから、彼としても肩の荷が下りたのかもしれない。

こうして酌をしていると、彼の妻になったのだとしみじみ感じる。

夜の主寝室にふたりきり。夫婦にしか許されない、ふたりだけの時間。

顔が火照ってきた。先ほどは一気にお酒を呷ったから、きっと酔いがまわっている。

そもそも空きっ腹にお酒を飲むことがよくない。なにか食べようと、サンドイッチに手を伸ばしたときだった。

レジナルド様もわたしと同じサンドイッチを手に取ろうとなさっていたので、指と指がぶつかってしまった。

「もっ、申し訳ございません！」

わたしは慌てて手を引っ込める。

「いや……」

彼もまた、差しだしていた手をもとに戻した。

「どうぞ、召し上がってください」

「きみが食べるといい。私はこれをいただく」

レジナルド様がチーズをつまむ。黙々と食べていらっしゃる。

「ありがとうございます」

ここはお言葉に甘えよう。サンドイッチを両手で持ち、わたしもまたもぐもぐと食べる。

美味しいけれど、お互いに無言だからか、なんとなく気まずい。

わたし——ふだんレジナルド様とどんなことを話していたかしら。

薬草とミスティ・ブリューの話ばかりではうんざりさせてしまうだろうから、ほかに世間話を考えなければ。

なんだかいつも話題を探している気がする。

これから長く一緒に過ごしていけば、話題に困らなくなるのだろうか。

ううん、時間の流れに任せるだけというのはよくない。

彼のことを知ろうとする気持ちが、まずは大切だと思う。

その後もわたしたちはそれぞれサンドイッチやチーズを食べ、ワインを飲んだ。

さながら晩餐会の続きだ。

テーブルの上のものがほとんど空になれば、あとはもうベッドへ行くだけ。
主寝室にはキングサイズのベッドがひとつだけ置かれている。
だれかと一緒に眠ったことなんていままでにない。
レジナルド様と同じベッドに入るのが嫌なわけでは、ない。
ただ、なにもかもが初めてのことだから戸惑ってばかりだ。
けれど何事にも必ず初めてがあるわ。
すうはあと、もう何度目かわからない深呼吸をする。
レジナルド様がソファから立ったので、わたしはそのあとを追った。
ベッドの端に並んで座る。相変わらずしいんとしている。
レジナルド様、いい匂いがする。
石鹼と薔薇(ばら)が混じったような香りだ。
向かい合ってソファに座っていたときよりも距離が近いから匂いがわかるのだろう。
ドキドキするし、くらくらもする。
突然、手と手がちょこんと触れ合った。とたんにビクッと全身が弾んだ。
「あ……」
わたしったら、驚きすぎだわ。
レジナルド様は、わたしの手を握ろうとなさったのかもしれない。

どうしよう、わたしのほうからレジナルド様の手を握るべき？

ためらっているあいだに彼が口を開く。

「今日は……疲れただろう。私のことは気にせず眠っていい」

レジナルド様はわたしに背を向けると、そのままベッドの奥側に横たわった。

たしかに今日は、早朝から支度をしていたのもあって疲れてはいる。

え……えっ？

わたしはしばらくなにも言えずに、ベッドの端に座ったまま固まっていた。

レジナルド様はもう眠ってしまわれたのか、なにも喋らない。

終わり、なの？

何度、目を瞬かせてみても、彼は起きそうにない。

このまま初夜が終わっていいの？

ベッドの上でどのように振る舞えばよいのか、閨指導の講師から教えられたことを思いだそうとする。

『夫に身を任せ、すべてを受け入れること。これに尽きます』

レジナルド様は「眠っていい」とおっしゃった。

どうしてレジナルド様はなにもなさらないのだろう。

今夜は、挙式と同じで一生に一度の初夜だ。

晩餐会が終わるまですっかり忘れていたものの、なにもせず一晩を明かしてしまってよいのだろうか。

彼に訊きたいことがたくさんあるのに、唇はまるで縫いつけられてしまったように動かなかった。

それに頭の中もぐちゃぐちゃで、考えがまとまらない。一度にたくさんのワインを飲んでしまったせいだろうか。

わたしは「すう、はあ」と深く息をして自分自身を落ち着かせる。

レジナルド様は、わたしが疲れているだろうと気遣ってくださっている。

それじゃあわたしが「疲れていません、平気です」と言えばいい？

いや、疲れているのはきっと彼も同じだ。通常の執務に加えて挙式の準備も進めていたのだから、かなりの寝不足かもしれない。

けれど、もしかして。

なにもなさらないのは、わたしに魅力がないせい？

せっかくメイドたちが一所懸命に磨き上げてくれたというのに、その努力を水の泡にしてしまった。

いけない、よけいにふらふらしてきたわ。

レジナルド様の背中を見つめる恰好でベッドに横たわる。

わたしは政略結婚の相手だ。愛し合って結婚したわけではないのだから、すぐには夫婦の営み(いとな)をしようという気が起きなくても仕方のないことだ。

磨かなくちゃ、わたし自身を。

彼がすっかりその気になるような魅力的な妻にならなければ。

レジナルド様に、好きになってもらいたい。

愛はそう簡単には手に入らないものだろうから、これからも努力し続けていこう。

決意を新たに、わたしは目を閉じた。

第三章　救いの女神

だれかとベッドを共にするというのは、これほどそわそわするものなのか。

いや、隣にいるのがアシュレイだからに違いない。

彼女もまたベッドに横たわったのが、なんとなくわかった。しばらくすると、穏やかな寝息が聞こえてきた。

そっと寝返りを打てば、すやすやと眠っているアシュレイの顔を拝むことができた。

ああ――これだけでもう、充分だ。

アシュレイの艶(つや)やかな金髪をぼうっと眺める。薬草やミスティ・ブリューの話をしているときには、その碧い瞳がきらきらと輝いている。

ふと、瑞々(みずみず)しい唇が小さく動いた。

ほどよい量の軽食が用意されていたが、まだ食べ足りなかったのだろうか。

しだいに、その肌や唇に触れたくなってきた。彼女の頬は見た目にはとても柔らかく、滑(なめ)らかだ。実際の感触を確かめたくて仕方がなくなる。

見ているだけで充分だと思ったはずなのに、どうかしている。

私は目を瞑り、アシュレイとの思い出を振り返る。

カフェでケーキを食べるアシュレイはとてもかわいかった。ケーキの美味しさが何十倍にも膨れ上がるようだった。

アシュレイは、マーケットで購入したスマイラ産の種を植えるため、額に汗をかきながら体を動かしていた。

だれかが一所懸命に働く姿を、あれほど美しいと思ったことはいままでにない。

彼女の、いつも前向きなところも好きだ。

アシュレイが幸せそうに甘いものを食べているところがまた見たくて、サロンにフルーツタルトを用意して呼びだしてしまった。

あのときも、アシュレイはくるくると表情を変えながらタルトを頬張(ほおば)っていた。

ウェディングドレスのオーダーをすると聞きつけた私は、とにかく彼女と一緒にいたくて、執務の予定を調整してドレスの打ち合わせに出席した。

ドレスについて、私の好みを訊いてくれたのは——なぜだろう。

嬉しかったが、彼女は時に遠慮するところがあるから、私に気を遣っていたのかもしれない。

よけいな気なんて遣ってほしくない。自由でいてほしい——と、なぜ伝えられないのだろう。

アシュレイがティンダル家にやってきてからというもの、日々が瞬く間に過ぎていく。

早く挙式を迎えて、彼女と夫婦になりたいと思っていたが、その日はすぐに来た。

ウェディングドレス姿のアシュレイは美しくも可憐(かれん)で、感動のあまりいつにもまして言葉が出なかった。

やっと出た言葉が「デザイン画のとおり」という、どうでもよいものだ。我ながら情けない。

教会で交わしたキスは、彼女の唇が柔らかすぎて、あと何万回でも永遠の愛を誓いたくなった。

アシュレイがこの部屋に来たときは、女神と見間違えそうになった。

バスローブ姿は妖艶で、挑発的だ。いろいろな欲を刺激されてしまう。

私の隣に座ってほしかったのに、彼女が向かいのソファに腰を落ち着かせたものだから、不満げな顔になっていたと思う。

ただでさえ、笑えないことがネックだというのに――なんという体たらくだ。

いつもそばにいてほしい。ほんのひとときだって離れたくない。

アシュレイが私の近くに座ってくれなかったのは、物理的なものだけでなく心の距離も遠いからではないか。

そんな疑念が渦巻いた。

いや、笑いかけることもせず言葉でだって自分の気持ちを伝えていないのだ。彼女の心を摑めないのは当然だ。

彼女の心がわからない上にひどく緊張して、いつにもましてそっけない態度を取ってしまった自覚がある。

酒を飲めば少しは言葉数が増えるだろうかと考えたが、そう上手くはいかなかった。

むしろ酒のせいか、まともな判断ができていなかった気がする。

ただはっきりとわかったのは、彼女が怯えていたということ。

破瓜は痛むものだと、閨指導の講師から聞かされていたはずだ。

愛しいアシュレイに、少しの痛みだって与えたくない。

だから、つい躊躇してしまった。

思いやりか、あるいはただの臆病者か。

だが、拒まれるのが怖かった。

拒絶されたり、嫌悪感を抱かれたりしたら立ち直る自信がないし、なにより彼女を傷つけるのは嫌だ。アシュレイの気持ちをよく考えながらじっくり進めていこう。

閉じたはずの目を、いつのまにか開いてしまっていた。

そうしてアシュレイの姿を視界に捉えて——じっくり進めていこうと決意したばかりだ

というのに――また煩悩を募らせる。

彼女に触れたい。

抱きしめて、すべてを確かめたい。

柔らかな唇を、もっと貪りたい。

しかしながら、笑いかけることもできず彼女に気を遣わせてばかりの私に、そんな資格があるものか。

笑えなくなるミスティ・ブリューに関してスマイラ国の有識者を当たってみたが、どういうわけか皆が口を噤む。

ギルはスマイラ国と親密な関係にある。

当該のミスティ・ブリューについて、箝口令(かんこうれい)でも敷いているのだろうか。

私はギルによほど嫌われているらしい。

有識者の援助が得られないとなれば、自ら動くしかない。スマイラ国へ赴く必要がある。

そのためには早く仕事を片付けるに限る。充分に眠ることで執務を効率化しよう。

私はふたたび彼女に背を向けた。そういう体勢を取ったのは、煩悩に勝つ目的もある。

しいんと静まりかえった寝室に、アシュレイの規則正しい寝息だけがかすかに響く。

彼女を意識しないよう必死になりながら、私は固く目を閉じていた。

結局、夜はあまり眠れなかった。

決してアシュレイのせいではない。私が煩悩まみれなせいだ。

寝不足なのは否めないが、こうしてまたアシュレイの寝顔をじっくり眺めることができるのでよしとする。

時間を忘れて、ずっとでも見ていられそうだ――などと考えていると、彼女の目がうっすらと開いた。

長い睫毛がスイングする。アシュレイは眠そうに目を擦っている。かわいい――と、心の中で連呼した。

私が目の前にいることに気がついたらしく、アシュレイが急に目を見開いた。

驚かせてしまっただろうか。背を向けておくべきだったか。

「あ……おはよう、ございます。レジナルド様」

かわいらしすぎる起き抜けの声を永遠に覚えておくにはどうすればよいだろうかと、真剣に考えていた。

アシュレイが、不思議そうに私を見ている。

しまった、挨拶を返していなかった。

「おはよう」

こんな調子で、彼女に見とれてしまって返事が遅れるということが多々ある。

これもまた、笑いかけることができないのと同じで悪いところだ。あらためねば。

「レジナルド様？　あまりお眠りになれませんでしたか？」

ドキッとする。図星なのと、アシュレイが小首を傾げているのが愛らしいせいもある。

「……なぜそう思う」

「レジナルド様の目元が……少し黒ずんでいらっしゃるので」

そうなのか。目に見える範囲に鏡がないのでわからない。ただ、そうして心を配ってくれることが嬉しかった。アシュレイは何事にもよく気がついて、心優しい。好きだ。

「申し訳ございません」

なぜ謝る？

私の寝不足が、他人と一緒では眠りづらかったせいだと考えたのだろうか。

「きみのせいではない」

とにかくそれだけは伝えたかった。

するとアシュレイは、安心したように頬を緩ませた。かわいい。好きだ。

「あの……朝食をご一緒させていただいても？」

「ああ」

もとよりそのつもりだった。むしろもう、どこへだって一緒についてまわりたい。

なんといっても、私たちは夫婦だ。すべての行動を共にしても、なんらおかしくない。

「ありがとうございます！　では着替えてまいりますね」

ところがアシュレイはさっさと寝室を出ていってしまった。

ひとり取り残された私は、のろのろとベッドに横たわる。

「ここで着替えてもいいのに」

むしろ着替えを手伝いたかった。

……だめだ、下心しかない。

私は「うう」と唸りながら、枕に突っ伏した。


翌日、登城するなりギルと出くわした。朝からは拝みたくない顔だ。

気づかなかったふりをして通り過ぎるか。

城のエントランスホールは広大だ。ギルとは反対方向に行けば躱（かわ）せるかもしれない。

だがそうはいかなかった。ギルのほうからこちらに近づいてくる。

私は足を止め、ギルと相対した。

「やあ、レジナルド。結婚おめでとう。お祝いに行けず申し訳なかったね」

「べつにかまわない」

それ以上の言葉は返さない。この男と多くを語り合う気は毛頭なかった。

ギルはいやににっこりと笑って口を開く。

「ところで晩餐会では無色透明の飲み物だけを振る舞ったのだと耳にしたよ。いったいどうしてだい？」

つい眉間に皺が寄る。ギルの発言が白々しく思えてくる。

やはりこの呪いをかけたのはギルだ――と、なんの証拠もないが確信した。

「無色透明のものはどんな色にも染まる。未来は無限の可能性を秘めているというメッセージを込めただけだ」

口から出まかせだったが、ギルは「へえ。しゃれたことをするね」と、感心しているような口ぶりで顎に手を当てた。

「もしかしてアシュレイ嬢の進言かい？」

ますます眉間に力が入る。

ギルがアシュレイの名前を口にしたことが不愉快だった。

「アシュレイ嬢、ではない。私の妻だ」

「ああ……失礼。ティンダル公爵夫人と呼ぶべきだったね」

ギルがにたりと笑う。なにか企(たくら)んでいる気がして、ますます気分が悪くなった。

「せいぜい奥方を大切にね。たくさん笑いかけてあげないと、不安になって離縁されてしまうかもね」

そう言うなり、ギルはひらひらと手を振って去っていった。

もう絶対に間違いない。

私に呪いをかけたのはギルだ。証拠を摑めていないことが腹立たしい。

いや——落ち着け。

まずはこの呪いを解くことが先決だ。ギルを糾弾したところで、解呪できるミスティ・ブリューの存在を明かすとも思えない。

スマイラへ行くための時間を作る。一にも二にも仕事だ。

笑うことができるようになれば、アシュレイに対しても素直な言葉が出てくるはずだと信じて、私は城の執務室へ向かった。

＊＊＊

挙式の翌朝はレジナルド様と一緒に朝食をとることができた。

彼は寝不足のようだったけれど、朝食はすべて召し上がっていた。体調はよさそうだ。

レジナルド様がよく眠れなかったのは、私の寝相が悪いからだろうか。

仰向け(あおむ)に寝たはずが朝には横を向いていたり、たまに逆さになっていたりする。

事前にそのことを打ち明けていればよかったのだけれど、そこまで考えが及ばなかった。

寝相をよくするにはどうすればよいのだろうと考える。同時に、自分自身を磨くことにも尽力しなければならない。

やっぱり運動かしら。

適度な運動は美容にいいし、体が疲れていれば熟睡して、寝相もよくなるはずだ。

そうしてわたしはウォーキングを始めることにした。

朝食後、薬草のようすを見るのも兼ねて庭をぐるりと一周するのが日課となる。

「――このところよく朝食後に出かけているな」

ダイニングを出ようとしていると、レジナルド様から声をかけられた。

「はい。お屋敷の庭を散歩しております。その……健康のために」

少しでも綺麗になって、レジナルド様に好きになってもらうため――とは言わなかった。

その理由はあまりに露骨だ。

「……私も行く」

「まあ、ありがとうございます」

どうやらレジナルド様も健康に興味があるらしい。ひとりで散歩するのでも充実しているけれど、レジナルド様が一緒となれば楽しさ倍増だ。

それからというもの、レジナルド様は日課のウォーキングについてきてくださるようになった。といっても、彼が時間のあるときだけだ。

「今日は少し足を伸ばして、外へ行ってみるか」

休日だから、時間には余裕がある。わたしは「そうですね！」と相槌を打った。

わたしたちはダイニングをあとにして、屋敷の外へ出た。正門を潜り、広場を抜けて大通りへ向かう。

まだ朝早い時間だからか、人通りはそう多くない。

レジナルド様はわたしに歩調を合わせてくださっているのか、歩くスピードは緩やかだ。あてどなく歩いているようだったけれど、レジナルド様は迷いなく進んでいった。わたしはそれについていくばかりだ。

そうして公園に着いた。

花壇にはミモザやスイートピー、チューリップといった春の花が咲き誇り、そよ風に揺られている。

散策路には正方形の大きなタイルが敷き詰められ、どこまでも続いている。どこまでも歩いていってみたくなる。

しばらく歩くと、湖が見えてきた。

駆けだしたくなるのを我慢して、レジナルド様と足並みを合わせて歩き、湖の畔に立つ。

大きく息を吸い込む。清々しい空気を、体の中へいっぱいに取り込む。

太陽の光を受けて煌めく水面を、二羽の真っ白な鴨がすいすいと泳いでいる。仲良く寄り添う姿を見てほっこりする。

「気持ちがいいな」

独り言のように彼が呟いた。

「わたしも同じことを考えていました」

彼のほうを向いてほほえむ。レジナルド様は小さく頷いた。

石造りの小さなアーチ橋を、ふたり並んで渡る。

複雑に入り組んだ形の湖だから、アーチ橋がいくつも架けられていた。

橋を渡る迷路みたい。

穏やかで、心地のよい時間が流れる。

夜は相変わらず、ひとつのベッドで眠るだけ。

けれどきっと、焦ってはいけないのだ。

彼を好きな気持ちは日々、積もっていく。愛しい気持ちが日々、育っていく。

ふたりでいくつもの橋を渡ったあとは、湖を臨むベンチに座った。

「来週末、スマイラ国へ行こうと思う。きみも来るか？」

「はい！　ぜひご一緒させてください」

スマイラ国へ行けば、レジナルド様の笑えない呪いを解く手がかりが摑めるに違いない。

彼も、そのつもりなのだろう。

わたしたちはお互いに目と目を見つめて、力強く頷きあった。

スマイラ国へ向かう馬車の中で、レジナルド様は向かい側ではなく隣にいた。

ごく近い距離に座っていらっしゃるから、ドキドキして落ち着かない。

心臓がバクバクと高鳴るのは、彼のことを意識しすぎているせいだろう。わたしは窓の外に目を向けて気を紛らわそうとした。

ところがどれだけ景色を眺めていても、胸の高鳴りは収まらない。

それに、触れ合っている肩が熱を持ちはじめたようだった。

「え、ええと……レジナルド様は、スマイラ国へ行かれたことが?」

なにか話をしなければ間が持たなかった。

「……数えるほどだが、ある」

静かに、穏やかな声でレジナルド様が答えた。すぐに言葉が足される。

「きみは?」

「初めて、です」

「そうか」

しばしの間があった。

膝に置いていたわたしの手に、レジナルド様の右手が重なる。

いつかのように、手が触れ合っただけでは驚かなかった。彼の右手が緩慢な動きをしていたからかもしれない。

じっくりと、それでいてぎゅうっと手を握り込まれる。

温かい。そして、少しくすぐったい。

どうして？

「嫌……では、ないか？」

まるで勇気を振り絞って尋ねたというような、どこかたどたどしい言い方だった。

わたしはぶんぶんと首を横に振りながら「まさか、嫌だなんて思いません」と、きっぱり答えた。

彼の表情は変わらないものの、安心なさった気がした。

「きみの手は……小さい、な」

レジナルド様の長い指がわたしの手の甲を撫でる。

「指も、こんなに細い」

指をなぞられた。わたしはどう返せばよいのかわからない。

ただ指に触れられているだけだというのに、なんだかいけないことをされている気がして、いたたまれない。

「ミスティ・ブリューの種をつまむのには適していそうだ」

レジナルド様が大真面目な顔で言った。

けれどいまのはきっと、冗談まじりだ。

「ふふっ——ありがとうございます」

やっぱりドキドキはするものの、以前ほどうろたえなくなってきた。

それは、彼がすぐそばにいることが多くなったせい。

レジナルド様との距離が近いことに、慣れてきたのだろうか。

きっとそう。そして彼は、わたしに慣れさせるために距離を詰めていらっしゃるのかも。

こうして触れ合うことで、絆が深まるのを感じる。

温かかった肌が、熱いくらいになっていく——。

途中で休憩を挟みながら馬車で進み、スマイラ国に入った。

「ミスティ・ブリューの有識者と話ができればいいのだが、どうもだれかに邪魔されているらしく、叶わない」

レジナルド様は「だれか」と言葉を濁したけれど、おそらくギル様のことだろう。

ギル様はスマイラ国と密接な関係にある。レジナルド様にかけた呪いが解けないよう、邪魔しているのかもしれない。

「だから自分たちの足で情報を得なければならない。まずはスマイラ国の図書館を当たる」

「図書館……！」

つい喜んでしまったけれど、スマイラ国へは遊びにいくわけではないのだ。

はしゃいでいてはだめよ。

ミスティ・ブリューについて知識を深めることができる――と、わくわくしてしまうのは、呪いで苦しんでいるレジナルド様に対してあまりに不謹慎だ。

わたしは必死に唇を噛(か)みしめて、自身を戒めようとしていた。

するとレジナルド様が、わたしの顔を覗き込んできた。

「楽しんでもいいんだ」

ああ――どうして。

わたしの心の声が漏れてしまっているのではないかと、本気で疑った。

「図書館へ行く前に、街を見てまわろう。初めて来たのなら、楽しめるはずだ」

きっと初めてでなくても、レジナルド様と一緒ならどこでだって楽しめる。

馬車が停まり、街路へ出る。

街路の花壇には、花と一緒に薬草も植えられていた。

スマイラ国はミスティ・ブリュー発祥の地と言われている。いわば本場だ。

わたしとレジナルド様は、家令やメイドと一緒にさっそく大通りを歩きはじめる。

道端のステージで、大道芸人らしき男性が口から火炎を噴きだしていた。

そういう効果のミスティ・ブリューなのだろう。大迫力の炎に、街ゆく人々が感嘆している。わたしもそのひとりだ。

「すごいな」

レジナルド様も足を止めて、大道芸人に魅入っている。わたしは「ええ、本当に」と相槌を打った。

その後もわたしはうきうきしながらスマイラの王都を見てまわった。

「あちらのほうへ行ってみようか」

レジナルド様の先導で、大通りから一本奥まったところに入ると、道の両端に露店が立ち並んでいた。

ここも大通りと同じで多くの人が行き交い、賑わっている。

皆でぞろぞろと歩いていると、どこからともなく香ばしい匂いが漂ってきた。

「あま〜い焼き菓子はいかが⁉　美味しいよ！」

レジナルド様がふたたび足を止める。

「やあやあお目が高いね！　いろんな味があるよ、試食するかい？」

恰幅（かっぷく）のよい女性店主が、レジナルド様に焼き菓子の欠片（かけら）を差しだした。

「あ、ああ」

レジナルド様は店主の勢いに押されるようにして、ピックに刺さっているクリーム色の欠片を受け取る。

硬い表情で焼き菓子を試食するレジナルド様を、わたしはのんびりと眺めていた。

「……美味い」

「そうだろう、そうだろう。さあこっちもどうだい」

店主はレジナルド様に次々とピックを手渡す。

レジナルド様はというと、困惑しながらもピックを受け取り、ひとつひとつを味わっていた。

「――お嬢さん、暇そうだね。俺たちと遊ぶ？」

すぐそばで声がしたので振り返れば、男性が二人、にこにこと笑いながら立っていた。

「いいえ、時間は持て余しておりません」

「まあ、そう言わずに」

男性のひとりがわたしに向かって手を伸ばしてくる。近くにいた家令とメイドが前へ出るのと同時に、力強い声が響く。

「私の妻になにか？」

レジナルド様から肩を抱かれた。

妻――そうだわ。わたしはレジナルド様の、妻。

そんなふうに言われたのが初めてだったものだからつい、感動してしまった。

「すまない、ちょっと目を離した隙に」

レジナルド様が、忌々しそうに男性たちを一瞥する。

気迫のあるレジナルド様に恐れを成したように、男性たちは足早に去っていった。

「平気か、アシュレイ」

眉根を寄せて、レジナルド様がわたしの顔を覗き込んでくる。

すぐには言葉を返せない。

わたしの名前を、呼んでくださった。

記憶のかぎり、それもまた初めてだ。

嬉しくて、嬉しすぎて涙腺が熱くなる。人前で――ましてここは街中なのだから――泣いてはいけないとわかっているのに、瞳が潤んでいくのを自分では止められない。

「な……なんだ、どうした？」

レジナルド様は、あからさまにうろたえている。

わたしはなんとか涙を堪えて言う。

「わ、わたしの名前を……呼んでくださったのは、初めて……かと」

彼はきょとんとしている。

「そう、だったか？」

「はい」

初めて訪れた国で、初めて名前を呼んでもらえた。妻だとも言われた。

このスマイラ国へは遊びにきたわけではないとわかっているのに、舞い上がってしまっている。

「それは……その、すまなかった」

彼は申し訳なさそうな顔をしている。

「ちゃんと知っていた。きみはアシュレイだ」

両手で頬を覆われた。そのまますりすりと頬を摩られる。涙はすっかり引っ込んで、その代わりに頬が熱を帯びていく。

顔と顔の距離が、どんどん縮まる。

わたしが彼に近づいてしまっているのか、あるいは逆なのか、わからなくなった。

そばにいた老年の家令が「コホン」と咳払いをした。

我に返ったように、レジナルド様が両手を引っ込める。

「これからは、きちんと名前を呼ぶ」

どこかばつが悪そうにレジナルド様が呟いた。

わたしは頬を熱くしたまま「ありがとうございます」と返す。

キスされるのかと思ってしまった。

そして、そうではなかったのだとわかってがっかりしている。

わたしったら、ふしだらだわ。ここは街中なのよ。

すっかり熱を持った頬を、両手で押さえることで落ち着かせようとする。

「そちらのお嬢さんも、甘い焼き菓子をたくさんお食べ！」

タイミングを見計らったように、女性店主に声をかけられた。

「すべて貰おう」

スマイラ産の種を買ったときと同じ調子で、レジナルド様が大真面目にそう言ったので、自然と笑みが零れた。

皆で露店の焼き菓子を食べたあと、スマイラ国立図書館へ向かった。

国立図書館は巨大なドーム型の建物だった。

大きいのは外観だけではない。中へ入ったあとも感嘆のため息をつくことになった。

円形の壁に沿って本棚が配置され、無数の本がびっしりと並んでいる。それが何階層にも連なっているものだから、あまりの規模に圧倒された。

この図書館は、スマイラ国で最多の蔵書数を誇っているのだそうだ。

司書に声をかけて、ミスティ・ブリューに関する本が集められている棚へ行く。

その途中でレジナルド様が囁く。

「この図書館への立ち入りまで制限されていたらどうしようかと危ぶんでいたが、無事に入館できてよかった」

ここにはギル様の息がかかっていなかったということだ。

呪いを解くミスティ・ブリューを探る絶好の機会である。むしろここで収穫がなければ、あとがない。

ミスティ・ブリューに関連する書物の棚に着くなり、わたしは片っ端から読みあさった。

どの本もとても興味深い。

もういっそここに寝泊まりしてしまいたいくらいだった。

ふと視線を感じて横を向く。

いつから見られていたのか、すぐそばにレジナルド様の顔があった。

「どうなさいました?」

「……いや。楽しそうだな、と」

「も――申し訳ございません」

「だから、楽しんでいいと言った」

むすっとした顔のまま、レジナルド様が首を傾げる。

「私も……きみを眺めて、楽しんでいる」

わたしを眺めて、楽しむ?

ただ本を読んでいるだけなのだけれど、楽しめるものだろうか。

「いや、邪魔になっているな。すまない、私も真面目に資料を探す」

自身を戒めるようにそう言うと、レジナルド様はわたしがいるのとは別の棚へ行ってしまわれた。

もっとそばにいてほしかった――なんて考えてしまうのは、贅沢というもの。

わたしはあらためて書物に目を向けて、笑えないミスティ・ブリューを打ち消す方法を探した。

「――アシュレイ」

レジナルド様が、本を開いたままわたしのそばに戻ってきた。

また名前を呼んでもらえて嬉しいせいで、顔がにやけてしまう。

「この記述なのだが、なにか関係がありそうだ」

レジナルド様が指し示している一文を読む。彼の言うとおり、これは手がかりになる。

「この記述をもとに、関連が深そうな書物をもう一度、洗いなおしてみます」

「手分けしよう」

わたしたちは協力して呪いを解く方法を探り、紐解(ひもと)いていった。


スマイラから帰国し、ティンダル公爵邸に戻ったわたしはさっそく庭へ赴き、薬草の育ち具合を確認した。

うん、問題ないわ。

皆で畑を耕して植えた、スマイラ産の薬草は順調に育ち、すべてが実った。

薬草を収穫したわたしは、スマイラ国の図書館で調べた製法を試すため厨房を借りた。

レジナルド様と一緒に根気強く調べた甲斐あって、笑えないミスティ・ブリューの効果を打ち消す薬の製法は確立した。

ところが実際に製造するとなると、なかなかうまくいかない。

調合比率の配分が難しく、文献どおりの色にならないのだ。

わたしは試行錯誤しながら、日々調合に励んだ。夕食のあとにしか厨房を借りることができないので、日付が変わりそうになるまで薬草を煎じることもあった。

そしていまも厨房で粘っている。けれど連日、夜遅くまで薬草の調合をしていたせいで睡魔に勝てない。

少しだけ休憩しよう。

厨房の椅子に座り、テーブルに両腕を預けて突っ伏す。仮眠を取るつもりだったのだけれど、気がつけば厨房ではなく主寝室にいた。

「あら……？」

寝ぼけながらも目を凝らす。

すぐそばにはレジナルド様がいる。彼がわたしを寝室まで運んでくれたのだろう。

「あまり無理をするな――というのも、心苦しいが」

レジナルド様の表情は浮かない。

「きみが根を詰めているのは私のせい、だからな」

わたしは声もなく、ふるふると首を横に振った。

「だが本当に……無理は、してほしくない」

頬を撫でられると、ふたたび眠気に襲われた。

こうして触れられていると、すごく安心する。

もう、あと少しだわ。

明日は、調合に成功しそうな気がする。

わたしは明日への期待を膨らませながら、深い眠りに落ちていった。

次の日の夜。わたしの予感は的中する。

夜の厨房で薬草の調合を終えたわたしは、赤色の液体が入ったガラス瓶を手にして主寝室へ急いだ。

部屋の扉をノックして、駆け込むようにして中へ入る。

扉のすぐそばにレジナルド様がいた。

「ちょうどきみのようすを見にいこうと思っていた。どうした、そんなに慌てて――」

「レジナルド様……！　やっと調合に成功しました」

すると彼は目を見開いて「とうとうできたのか」と呟いた。

わたしがガラス瓶を掲げると、レジナルド様は神妙な面持ちになった。

「このミスティ・ブリューは……苦いか？」

「えっ――」

声を上げたあとで、つい笑ってしまう。

気になさるところは、そこなの？

てっきり安全性について尋ねられるものだと思っていた。先にわたしが少量を試飲したけれど、害はなかった。

わたしは口角を上げたまま答える。

「いいえ、とても甘いです」

レジナルド様が甘味(あまみ)好きなのは知っている。だから甘みが出るように配分を調整した。

「そうか」

彼はガラス瓶を受け取ると、ごくごくと一気に飲み干した。あまりに豪快な飲みっぷりに、啞然(あぜん)とする。

同時に、心臓がドキドキと大きく鼓動しはじめた。

先に試飲はしたけれど、わたしは笑えなくなるミスティ・ブリューを口にしていないので効果のほどはわからない。

調合には自信がある。毒性がないことは自分自身で実験済み。

だから大丈夫。このミスティ・ブリューは、完璧なはず。

ガラス瓶の中身を空にしたレジナルド様が、わたしを一直線に見つめてくる。

「……本当だ、甘い」

穏やかな声とともに、レジナルド様の口元が緩んでいく。

朗らかに笑っている彼を見て、ドッ——と、心臓が大きく跳ね上がった。

彼の笑顔はどのような感じだろうかと、想像はしていた。

けれど想像の何倍も、レジナルド様の笑みには破壊力があった。心臓を鷲掴みにされたような、あるいは撃ち抜かれたような心地になる。

胸はドキドキと高鳴りっぱなしだ。その笑顔を目に焼きつけたくなる。

彼は、気づいているのだろうか。

ご自身が笑っていること、そしてその笑みに凄まじい破壊力があることを。

「……っ、レジナルド様」

震え声で呼びかけた。

「うん?」

レジナルド様が首を傾げる。笑みを湛えてそういう仕草をなさるものだから、魅惑的すぎて全身が熱くなってきた。

わたしは懸命に息を整える。

「笑って、いらっしゃいます」

「え――」

目を見開き、ほんの少し唇を開けたままレジナルド様は両手でご自身の頬を覆った。

「ああ……本当だ」

それまでよりもさらに笑みが深くなる。

つられるようにして、わたしの口元も緩む。

彼の笑顔を見ることができた。笑えない呪いを解くことができた。

喜びと達成感が満ちていく。

またもや嬉し涙が出そうになったものの、泣いてばかりでは彼に心配をかけてしまうから、必死に堪えようとする。

「アシュレイ……！」

呼びかけと同時にぎゅっと抱きしめられた。

突然のことに驚いて涙が引っ込む。彼の胸は広く、温かい。

ううん、熱いくらい。

炙られたように全身が火照る。そのせいか、息がままならない。深呼吸をしているところへ、彼の声が響く。

「ありがとう。愛している」

耳元で紡がれた言葉の意味を、すぐには理解できずに固まる。

深呼吸していたはずが、気がつけば息を止めてしまっていた。

わたしはそっと上を向いた。何度も瞬きをして、彼の顔を凝視する。

極上のほほえみを目の当たりにして、声が出せない。

愛していると、おっしゃった。

わたしは、彼に愛されているの？

時間が経つにつれて実感が湧いてくる。彼がまっすぐに見つめてくれるから、よけいにそうだ。

「わたし……っ」

涙が込み上げてきて言葉に詰まる。

だめ、きちんと伝えたい。わたしの気持ちを、知ってもらいたい。

「好きです、レジナルド様」

これは揺るぎない気持ちなのだと伝えるため、はっきりと言いたかったのに、細い声になってしまった。

レジナルド様はしばらく微動だにせず、瞬きすらしていなかった。

わたしの声が小さすぎて、彼の耳には届かなかった？

もう一度、言い直そうとしていると、後頭部を掻き抱かれた。

それまでよりも、もっとレジナルド様と密着する。

心臓はもうずっとドキドキと高鳴っている。壊れてしまわないか少し心配になった。
ごく近い距離で目と目が合う。
これは、勘違いではない。キスの予感がする。
「ん……っ」
熱く柔らかな唇の感触は、挙式のとき以来だ。
手や足の先がむずむずと疼く。心地がいいのに落ち着かない。
教会で初めて交わしたキスとは比べものにならないくらい長く唇を合わせている。
レジナルド様は角度を変えながらわたしの唇を食む。
「ふう」と、吐息が漏れる。
気持ちがよくて、どこか甘い。
どちらからともなく唇が離れた。わたしは深く息をする。
「……もっと、したい」
切なげな顔で、レジナルド様が言葉を足す。
「足りない。全然――」
先ほどよりも深く唇が重なり合う。
こんなキスは、知らない。情熱的すぎて夢見心地になる。
挙式で交わしたときだって幸せな気分になったのに、それよりも上があるなんて、信じられないくらいだ。

お互いに息遣いが荒い。

唇だけでなく吐息まで交わっている気がしてくる。

そっと唇が離れた。名残惜しいと思ってしまう。

「どんどん、欲張りになる」

「わ……わたし、も」

レジナルド様がくすっと笑う。

「きみも？」

ああ、だめ。

彼のほほえみに、胸がきゅんっと締めつけられる。

もっと見たい。彼の笑顔を見たい。どうしたら、もっと笑ってくださる？

無意識のうちに、彼の頬に手を伸ばしてしまっていた。

その手を摑まれ、甲にキスを落とされる。

「アシュレイの、全部が……欲しい」

澄みきったアメシストの双眸に、ぽかんとした表情のわたしが映っている。

わたしの、全部。

すべてを捧げる覚悟は、もうずいぶん前にしていた。だからわたしは、すぐに頷いた。

安堵したように、レジナルド様が微笑する。

彼に手を引かれてベッドへ歩く。

覚悟は決まっているものの、緊張はする。動きが鈍くなってしまう。

「きみが辛くなるようなら、やめるから」

わたしの心情を察したようにレジナルド様が囁いた。

その優しさが心に染みたからか、体からよけいな力が抜けていく。

ベッドに着くと、肩と腰に手をあてがわれた。そのまま仰向けに寝転がる。

わたしを組み敷いて、レジナルド様は切なげに眉根を寄せた。

「きみは私の——救いの女神だ」

触れるか触れないかの加減で頬を撫でられるものだからくすぐったい。

それに、なんだかもどかしい感じがする。

なにもかも初めてのことだから、わからなくて当然よ。

焦ってはいけないのだと、自分自身に言い聞かせた。

そうしているあいだに、レジナルド様がわたしの背に腕をまわした。

わたしがいま身につけているのは赤紫色のナイトドレスで、背中に小さなボタンがついている。

レジナルド様はわたしの背中を見もせずに、手探りでボタンを外していく。

ドレスが緩む。コルセットはつけていない。シュミーズの前ボタンもまた背中のものと同じように手際よく外された。

どうしよう――もう、恥ずかしくなってきたわ。

シュミーズも、ドレスと同じように緩んで無防備になる。

それまでとはなにか異なる胸の高鳴りに襲われる。

レジナルド様は、わたしの膨らみを見つめて手のひらで覆った。緩んだシュミーズの上から胸を鷲摑みにされる。

「あ……ぅ」

感触を確かめるような手つきで膨らみを揉まれる。

恥ずかしい。けれど、気持ちいい。

彼の手の中で、胸の先端が尖りはじめる。どうか気がつかないで。シュミーズの内側で乳首が尖っていることは、恥ずかしいから隠しておきたかった。

ところがレジナルド様は手を止めて、まるで胸の先端を際立たせるかのようにシュミーズを押さえつけた。

真っ白なシュミーズに、薄桃色がほんのりと透けている。頂を避けるようにしてレジナルド様が胸を摑んでいるから、よけいに際立つ。

「うう……」

逃げだしたい気分になったものの、本当にそんなことをしたいわけではない。

だって、気持ちがいい。ただただ恥ずかしいというだけ。

「……アシュレイ」

わたしの心を探っているような呼びかけだった。

小さく頷けば、レジナルド様はごく真剣な顔つきでわたしのシュミーズを左右に払った。

ふたつの膨らみが露わになる。それまでの比ではない羞恥心が、どっと押し寄せてくる。

隠したくなって両手を動かしたのだけれど、それよりも彼の手のほうが早かった。

シュミーズ越しにされたのと同じように、双乳をぎゅっと手のひらで覆われる。

「ひ、ぁ」

薄桃色の頂がますます尖る。あまり見ないでほしいのに、レジナルド様の視線はその尖っている部分に集中している。

そんなふうに鋭い形になっていると、なんだか必死に「触って」と訴えているように思えてならない。

そしてその要望どおりに、レジナルド様の指先が尖りの根元を突いた。

「ふぁ、あっ……!」

経験したことのない快感が瞬時に湧き起こった。足の付け根がトクッと脈を打つ。

乳輪の際を二本の指で押されれば、乳首が嬉しそうにゆらゆらと揺らめく。

そのようすを、レジナルド様が楽しそうに眺めている。

彼の笑みはまだ見慣れないものだから、凝視してしまう。むしろそのほうが、羞恥心が紛れていいのかもしれない。

根元を揺さぶられることで硬さが増した乳首を、レジナルド様が思いきりつまみ上げた。

「あぁ、あっ……んん」

先ほどから、自分のものとは思えない声ばかりが口から勝手に出てしまう。

恥ずかしくても、抑えられない。

硬い乳首はさぞつまみやすいのだろう。くにくにと優しく引っ張られている。

そうかと思えば、今度は指先でぐにぐにと押し込まれた。

「や、あぁ……あっ」

異なる刺激を与えられて、快感が膨れ上がっていく。

初めてのことなのに、ずっと前からこの快感を知っていたような気がしてくる。

またもや瞳が潤む。

嬉しくても、恥ずかしくても、気持ちがよくても涙が出そうになる。

繰り返し深呼吸をしているものの、息はいっこうに整わない。それどころか荒くなるいっぽうだ。

興奮しているから。

レジナルド様に乳首を弄りまわされることが、この上なく気持ちがいいから息が上がる。

そして、上下しているのは胸だけではない。腰もまた、上へ下へとひとりでにうねる。

足の付け根の、秘めやかな箇所が疼いてたまらない。

「かわいい、から……ずっとでも弄っていたくなる」

急にレジナルド様が呟いた。

そんなふうに言われると快感が倍増する。悦びが溢れてくる。それは心の中だけでなく、足の付け根もだ。

わたしの中からなにかが溢れているのがわかる。ドロワーズはきっと濡れている。

じっとはしていられなくなって、両脚をもじもじと動かした。

レジナルド様はわたしの顔を見ながら、胸の頂をふたつとも、すりすりと擦っている。

大きな声で「気持ちいい」と叫びたくなったものの、それではあまりにもはしたないので唇を引き結ぶことで耐えていた。

「嫌だった？」

窺わしげな視線を寄越される。その視線すら快楽に繋がる。

「違い、ます。嫌だなんて……思いません」

そうして気がつく。いまどう感じているのか、きちんと声に出さなければ誤解させてしまうことに。

「き……気持ちいい、です」

言葉にすると、羞恥心が爆発的に膨らんだ。

同時に快感も大きくなる。レジナルド様が、嬉しそうな笑みを浮かべてわたしの乳首を指で嬲るせいだ。

凝り固まった胸の蕾は彼の指に嬲りたおされて、見るからに悦んでいる。

それに、彼が楽しそうにしているとわたしも同じ気持ちになる。

快楽と喜びが一緒くたに押し寄せてきて、足の付け根の秘めやかな箇所がトクントクンと反応する。

「んん、ふ……うぅ」

わたしが唸ると、レジナルド様はなにか察知したように指を止めた。ナイトドレスとシュミーズ、ドロワーズも脱がされて一糸まとわぬ姿になる。

「あ、ぁ」

裸になったことで急に心許なくなり、両手で自身を隠す。

「見せて――アシュレイ」

とびきり優しい声で言われれば、いくら恥ずかしくても抵抗しようだなんて気はまったく起きない。

わたしはゆっくりと両手を退けた。

レジナルド様はわたしの全身を見まわす。頭から足先まで、彼の視線が何度も往復する。

熱を孕んだ視線に、じりじりと灼かれているような心地になった。

大きな手のひらが太ももを撫で下ろして、付け根へと近づいていく。

その箇所に触れられたら、いったいなにが起こるのか。わたしはどうなってしまうのか。

期待と、ほんの少しの不安が降って湧く。

長い指の先が、湿り気を帯びた割れ目をつつつ――となぞる。

「ひあ、あぁ……！」

ふだんは秘められたその箇所を、そっと指で撫で摩られると、少しの不安なんてすぐに吹き飛ぶ。

彼の指が与えてくれるのは、快感だけだ。

レジナルド様は指を緩慢に動かしながら、探るように陰唇を押す。

小さく小さく押され続けていると、もどかしい気持ちになって、もっとしてほしくなる。

彼は狙ってそういうふうになさっているのか、あるいは本当にわたしのようすを見ながら探っていらっしゃるのか。

どちらにしても快楽しかない。

ぬめりを帯びた指先が、秘めやかな裂け目の中央に届く。

「あ、ふぁあ、あっ」

割れ目の中にある小さな粒を押されたとたん、わたしの中でなにかが大きく変わった。

これまでの比ではない快感に襲われる。

こんなに気持ちがいいものなの？

それを、レジナルド様が教えてくださった。自分の一部分だというのに知らなかった。

紫色の瞳に「気持ちがいいか」と問いかけられている錯覚に陥る。

じっと見つめられている。

そして小さな花芽をつんつんと押されるものだから、そのたびに「あ、あっ」と声が漏れて、羞恥心が増していく。

だめ——気持ちがよすぎて、おかしくなってしまいそう。

理性を保っていられなくなりそうで怖い。

ううん、もうきっと崩れている。

先ほどから「はぁ、あぁう」と、吐息混じりの高い声ばかりが出てくる。

理性が働いていたら、なんとしても声を抑えているはずだ。

花芽をぬるぬると擦られれば、呼応するように全身が甘い痺れを伴う。

レジナルド様が、花芽を弄っていないほうの手でわたしの脚をやんわりと押す。そうして脚を開かされる。

「や、あっ……あぁ、ん」

脚を大きく広げる体勢になってしまう。明るみに出た秘所を、レジナルド様は凝視している。

見られている――それだけで花芽が疼いて、同時に胸の頂が鋭い形になった。

過敏になっている箇所を、レジナルド様は両方とも指で嬲りだした。

「ひぁあっ、あっ……んぅ、う……っ」

乳首だけ、脚の付け根だけをそれぞれ弄られているときだって気持ちがよかったのだけれど、こうして同時に指で嬲られるともう、たとえようのない快感に襲われ続ける。

理性はもうない。だから簡単に自分を見失ってしまいそう。

胸の頂も花芽も、なにをされても――押しつぶされるのでも引っ張られるのでも――快楽しか感じない。

脚の付け根にあてがわれているほうの彼の手が、これまでよりもさらにぬめりを帯びているのが感覚でわかる。

溢れでた愛液が、彼の指を濡らしている。

しだいにレジナルド様の指が花芽からずれて、下のほうへ滑っていく。

つぷっ、と水音を立てて、彼の指が蜜口に沈んだ。

「ふぁあっ……!?」

突然のことに驚いて、全身がびくんっと大きく跳ねる。

レジナルド様の指が、わたしの中に入っている。衝撃的で、困惑してしまう。閨指導の時点でわかっていたことなのに、驚きを隠せない。

「すまない、いきなりすぎた」

わたしの焦りを感じ取ったらしいレジナルド様が、申し訳なさそうな顔で謝った。

「い、いいえ……あ、あの……わたし、びっくりした、だけ……なので」

やめてほしくはない。異物感は凄まじいけれど、不快感は一切なかった。

レジナルド様はこくりと頷いて、ふたたび指を動かしはじめる。

指遣いはとても慎重だ。わたしが「びっくりした」と言ったから、気遣ってくださっているのだろう。

彼の中指は小さく前後しながら、少しずつ奥へ進む。

「あ、っ――」

お腹側のある一点を彼の指が押したとたん、快感が増した。

「……ここ？　いい？」

何度も頷く。そうすることで、催促しているように見えてしまうのではないかと、あとから気がついた。

「わからない、から……教えてほしい」

わからなくて知りたくなるのは、当たり前のこと。本能だ。

わたしの内側は、きっとどろどろに蕩けてしまっている。

だから、彼が指を動かすたびにぐちゅっ、ぬちゅっと大きな水音が響くのだ。

嬌声と水音が重なって、淫らな雰囲気が深まる。

ついさっきまで異物感を覚えていたのが嘘のように、彼の指はわたしの内側になじんでいる。

レジナルド様の指はもう、小さな動きはしていない。

よく潤った狭道を、大胆に往復しながら悦びを与えてくれる。

「ひぁあ、あっ……ん、はぁ……あぁっ」

体も視界もがくがくと揺れている。そうして踊っている乳房を、レジナルド様がぎゅっと鷲摑みにした。

胸の頂を丁寧に指で擦られる。

彼は蜜壺の中を指で搔き乱しながらも、親指で花芽を押している。器用だ。

心も体も、どんどん昇りつめていくのがわかる。

蜜壺の中を往復する指の動きが加速していく。それまでよりも大きな水音が立つようになる。

「ふぁああ、あぁあっ……！」

快感と焦燥感が溢れて、なにかが弾けた錯覚に陥った。

ドクッ、ドクッという脈動はどこから聞こえるのだろう。心臓だけでなく下腹部もまた大きく脈打っている。

息が乱れて、全身から力が抜ける。

快感の波はまだ引かない。

わたしが心地よい余韻に浸っているあいだに、レジナルド様がバスローブを脱いだ。

均整の取れた裸体を目の当たりにして、ほれぼれする。

わたしの視線は自然と下がり、彼の下半身を捉える。

初めて目にする雄の象徴は、想像の何倍も大きかった。

わたしの中に、収まるの？

いや、怯んでいてはいけない。きっと大丈夫だと、根拠もなしに言い聞かせた。

せめて気持ちくらいは大きく構えていなければ、体によけいな力が入ってしまいそうだ。

大丈夫――なんとかなるわ。

優しい手つきで両脚を広げさせられる。

秘めやかな花園の中央に、彼の一物があてがわれる。

心臓がドキドキと、うるさく鳴っている。

怖い気持ちが少しもないかと言えば嘘になるけれど、逃げだしたいとは思わなかった。

「アシュレイ」

その呼び声も、眼差しもすごく優しい。

蜜口にあてがわれた雄杭が、ゆっくりとわたしの中に入ってくる。

「ふっ……う、ぅ……」

とてつもなく大きな圧迫感に見舞われる。

「もう少し……力を、抜ける？」

どこか苦しげにレジナルド様が言った。

さっきまで脱力していたはずだけれど、いつのまにか全身が強張ってしまっていた。

わたしは「はい」と返事をして深呼吸をする。

レジナルド様が、わたしの乳房をふにふにと揉みしだく。体からよけいな力が抜けるように、手伝ってくれているらしかった。

胸の頂と脚の付け根を優しく摩られれば、快感ばかりが先に立つ。

そちらに気を取られているあいだに、雄杭がさらに前進してきた。

「ひ――っ、あ、あぁ……っ」

突如として大きな痛みが走った。一気に呼吸が荒くなり、汗が吹きだす。

視界がぼやける。自分がいま息を吸っているのか吐いているのか、わからなくなった。

「……やっぱり、辛い？」

破瓜の痛みがどのようなものか、レジナルド様は知識としてご存じなのだろう。

わたしが辛くなるならやめると、彼は言っていた。だからわたしはその問いかけをきっぱりと否定する。

「いいえ」

辛くなんてない。一生に一度きりの痛みだから、耐えられる。

レジナルド様はわたしの髪を優しく撫でたり、頬をそっと摩ったりと、気遣ってくれる。

彼が悲痛な面持ちをしているから、かえって申し訳なくなった。

そんなに気になさらなくていいのに。

これは、避けて通れないことだから。

そして、これでわたしたちは本当に契りを交わしたのだという達成感が込み上げてくる。

「わたし……嬉しいです」

震え声になった。

だめ、もっとしっかりと言わなくちゃ。

「レジナルド様と、ひとつになれたから」

お腹の底から声を振り絞った。彼の耳にはきちんと届いたはずだ。

「……っ、アシュレイ」

切なげな声が返ってきた。その次の瞬間には視界が暗くなる。

「ん……っ！」

唇を塞がれた。胸と下腹部がきゅんっと疼く。

レジナルド様と交わすキスはいつだって気持ちがいい。

少しでも喜びを伝えたくて、彼の唇を必死に食み返す。

角度を変えながら唇の感触を楽しむ。彼も同じなのだと思う。

「ん、ふ……っ、う」

熱い。繋がり合っている部分だけでなく、唇まで熱くなってきた。

ただ、激しいキスのおかげなのか痛みはすっかり消えていた。

吐息とともに唇が離れる。

「痛みは……どうだ？」

彼の頬は少しだけ上気していた。

「もう、大丈夫です」

レジナルド様が頬を緩ませる。彼の笑みはまだ見慣れない。もっと見ていたい。

わたしの中に沈んでいた楔（くさび）がゆっくりと動きだす。

「は、ぁ……んっ、うぅ……んぅ」

蜜壺の具合を探るように、彼の楔は慎重な動きをしている。

「ふ」と、レジナルド様が息をつく。

「どう、なさいました？」

彼はずっと苦しげな表情だ。

「いや……」

レジナルド様は口元に手を当てて視線をさまよわせた。

「苦しいのですか?」

心配になって尋ねれば、レジナルド様はすぐに「違う」と否定した。

「アシュレイの中が、気持ちよすぎて……たまらない」

レジナルド様がためらいがちに、頰を染めて言った。

彼が、気持ちよくなってくれている。

そのことが嬉しくて、身も心も甘く締めつけられるようだった。

「んっ……?　締まった」

蜜壺が狭くなったらしい。わたしもまた喜んでいるせいだ。

「愛して、います――レジナルド様」

想(おも)いが溢れて、伝えずにはいられなかった。レジナルド様が相好を崩す。

その笑みにまた、全身をくすぐられる。

その笑みだけで、想いを返されている気がしてくる。

「どうしようもないくらい、きみが愛しい――アシュレイ」

言葉でも想いを贈られれば、なにもかもが幸福感で埋め尽くされる。

レジナルド様が腰を前後に動かす。

「あ、あっ……ん、ふぁあ……っ」

体の内側から、大きなスパンで揺さぶりをかけられる。楔が隘路を往復するたびに「ふっ、うぅっ」と喘ぎ声が漏れた。

律動は緩やかだ。

もしもこの律動がスピードに乗ったら、わたしはどうなるのだろう。

大きく緩やかに内側を擦られるだけでも気持ちがいい。

楔が前後すればするほど、愛も快感も深くなっていく気がした。

乳房を摑まれ、その先端をこちょこちょとくすぐられる。

「やぅ、んっ……ふぅ」

律動による揺れだけでなく、わたし自身もがくがくと上下に跳ねてしまう。

わたしが勝手に動いてしまっても、レジナルド様の抽挿は疎かにならない。それどころか、スピードが上がってきた。

快楽の大波が次々とやってくる。

隘路の中ほどを往復していた楔が、もっと深いところに進んできた。

「ひぁあ、あっ」

強すぎる快感を覚えて焦りと、それから期待感が同時に募る。

ふと下を見れば、彼のものがわたしの中にすっぽり収まっていた。

彼自身と、少しの隙間もなくぴったりとくっついている。

嬉しくてつい、彼に向かって両手を伸ばした。その手を、レジナルド様がしっかりと掴んでくれる。大きな手のひらに包まれると、彼の温かさが身に染みる。

「うん？」

額に汗を滲ませて、レジナルド様が首を傾げた。口元は弧を描いている。

わたしはこっそりと感嘆のため息をついた。彼は本当に、なんて魅力的なのだろう。

「好き、です……レジナルド様、あっ……んん、ふ」

もうずっと溢れ続けている想いを告げれば、レジナルド様は笑みを深くした。そういう表情もまたよくて、彼を好きな気持ちがいっそう膨れ上がる。

繋いでいた手に力が入る。

彼が手を強く握ったのか、あるいはわたしが無意識に力をこめてしまったのか。

どちらにしても、しっかりと手を繋いでいると安心する。怖いものなんてなにもない。

あるのは愛情と、快感と、大きな悦びだけ。

指と指を絡め合わせて両手が繋がり、体もまたお互いの切ない部分で繋がっている。

心の結びつきだって、ずっとずっと強くなっている。

「アシュレイ……！」

どれだけ名前を呼ばれても満足できない。嬉しすぎるからか、いっこうに満たされない。幸せなのに、なんだか矛盾している。

「はぁ、う……ふっ、ふぁ、あっ」

蜜壺の最も奥まったところを力強く突かれる。

体がベッドの上方へ逃げてしまいそうだったけれど、両手を繋ぎ合わせたままなので平気だった。

想いの強さを物語るように、連続して奥処を穿たれる。

「あぅう、んんっ……ふぁあ、あっ……！」

目の前が大きく揺れて、高い声が出るのを止められない。

ふたたび高いところへと昇っていく感覚に見舞われた。

もうだめ、高みへ行ってしまいたい——そんな気持ちと、もっと味わっていたい気持ちがせめぎあう。

ずんっと、大きく突き込まれた。わたしは「ひぁあああっ！」と絶叫するのと同時に、すべてが最高潮に達するのを感じた。

それはまるで、膨らんだ実が弾けるときのよう。

ドクンッ、ドクンッという脈動に包まれる。

両手も両足も、唇にすら力が入らない。

ぐたりとしているわたしを気遣うように、レジナルド様がそっと楔を引き抜いた。

わたしの中から出ていってほしくない。

初めてだったのにそう思うのは、はしたないこと？

「頬が赤いな」

繋いでいた手が自然と解けた。レジナルド様はその手でわたしの頬に触れる。

「その……激しかった、から……」

直後、それはそれで恥ずかしい発言だと後悔した。

彼の手で覆われている頬がますます熱くなる。

「アシュレイは……愛らしかった」

わたしは目を瞬かせて彼を見つめる。そんな感想を貰えるのであれば、失言の後悔も吹き飛ぶというもの。

「それに艶めかしい。……いまも」

「いま、も？」

「そうだ。頬は薔薇色だし、瞳は朝露のように潤んでいる」

そんなふうに美しい喩えを使われると気恥ずかしさが増す。

「わ、わたし……」

観察するような眼差しを向けられている。居心地が良いような悪いような、どちらつかずの感覚だった。

「視線をさまよわせているのもいい。もっと……さまよわせたくなる」

腰から胸のほうへと脇腹を撫で上げられた。

「ひゃう、ぅ」

乳房に触れるか触れないかのところで手が止まる。そのままくすぐるように肌を撫でつけられた。

「ん、んぅ……ふっ……」

わたしは口元に手を当てて、彼の言葉どおり視線をあちらこちらへさまよわせた。くすぐったいせいで、そうせずにはいられなかった。

「私の要望に応えてくれている？」

レジナルド様の口調は楽しげだ。

彼に求められればなんだって応えたい。けれどいまは、どちらかというと彼の手に誘導されて、応えさせられている。

「レジナルド様が、巧みだから……ん、ん……っ」

体を大きく捩ったせいで、剝きだしの乳房がふるっと揺れた。胸の先端は休まずに勃ち続けている。その箇所を見おろして、レジナルド様は長く息を吐いた。

「いけないな、つい──貪欲になってしまう。きみにはゆっくり休んでもらいたいのに」

彼は自身を戒めるように首を横に振った。それから横向きに寝転がり、わたしの腰を抱いて引き寄せる。わたしはされるがまま、彼の胸に顔を埋めた。

とたんに急な眠気に襲われる。

「無理をさせた？」

穏やかながらも少し憂いを帯びた優しい声が降ってきた。

わたしはよほど疲れた顔をしているらしい。これではいけない。懸命に口の端を吊り上げる。

「無理なんて……していません。でも、少し……眠いです」

「ん——眠るといい」

頭を撫でられる。

心地がよくて、よけいにまどろんでしまう。

眠気と戦いながら口を開く。

「わたし、寝相が悪いんです。だから……その、ずっと抱きしめていてもらえますか？」

必死に訴えた。しっかり抱きしめていてもらうほうが、彼が安眠できると思った。

ウォーキングは続けているけれど、寝相がよくなっている感じがしない。

「なんて、かわいいことを」

レジナルド様は頷きながら「ああ」と答えた。

「むしろ嫌だと言われても放さない」

ぎゅっと、さらに強く抱きしめられた。

温かい。安心するわ。

瞼（まぶた）を開けているのが、いよいよ難しくなってきた。

これは、わたしのほうがぐっすり安眠できてしまいそう。

彼に迷惑をかけてしまわないか心配になりながらも、温かく広い胸に抱かれたまま、わたしはそっと目を閉じた。

第四章　陰謀の舞踏会

寝相が悪いから抱きしめていてほしいというアシュレイの要望どおり、私は彼女の体をずっと抱きしめていた。

アシュレイは小さくて柔らかくて、とても温かい。抱き心地は最高だ。いや、もはや神の領域だ。

固く閉ざされた瞼(まぶた)にキスを落とす。長い睫毛(まつげ)がぴくっと震えたので、少々焦ったものの、彼女が起きる気配はなかった。

安堵(あんど)しながらも、残念な気持ちが前面に出てくる。アシュレイと、もう少し話をしていたかった。

いや、残念などと思うのは図々(ずうずう)しい。

破瓜(はか)は壮絶だと話に聞いていた。

ところがアシュレイは少しも辛そうな顔を見せずに、それどころか私を愛していると言ってくれた。

もう愛しすぎて、おかしくなりそうだ。

正直に白状すれば、アシュレイの中にもう一度、入りたかった。いまもまだ下半身が落ち着かないのだが、ぐっと我慢する。

アシュレイに無理はさせたくない。ただでさえ負担をかけたのだ。

ぐっすりと眠らなければ、体調を崩しかねない。そのような事態は絶対に避けなければ。

幸い、私の下半身が依然として猛り狂っていることに気づかず彼女は眠ってしまった。

このところは朝、一緒に屋敷や街を歩きまわっているから、それで疲れているというのもあるのだろう。

アシュレイと一緒にあちこち散策するのは楽しい。

むしろ彼女がいなければ、なにも楽しくないだろう。

それもこれも、アシュレイが私の呪いを解いてくれたおかげだ。

私が笑えるようになって、彼女もまた笑みが増えたように思う。

笑うということに、これほど喜びを感じたことはいままでにない。すべてはアシュレイがくれたものだ。

彼女と出会って、世界が変わったとすら思う。

せっかく笑えるようになったのだから、私の中にある想いをもっと伝えていきたい。

狂おしいくらいに愛しているのだと知ってもらいたい。

──と、あまり焦ってはだめだな。

しつこすぎてもいけないのだろう。行きすぎた愛はきっと重荷になる。

だが、自分の気持ちはできるかぎり言葉にしていくつもりだ。

アシュレイに誤解されないよう──不安にさせないよう──思うままの言葉を紡いでいけたら本望だ。

物思いに耽るのをやめてアシュレイを見る。

彼女とは毎晩、こうして同じベッドで眠っているものの、深い契りを交わしたあとだからか、今夜はいっそう特別感がある。

私の救いの女神は、健やかに寝息を立てている。

アシュレイは私だけの女神だ。

かわいくて健気で前向きな、唯一無二の妻。これからもずっとずっと寄り添っていたい。

彼女を抱く腕に力がこもる。

「ん……」

いけない、抱く力が強すぎたのだ。

腕の力を緩めつつ、あえかな声を聞いてさらに情欲が募る。

下半身の一物は、衰えるどころか膨らみを増してしまった。

どうしようもないな、私は。

自身の貪欲さにうんざりしながらも、私は妻の滑らかな頰(ほお)を手のひらで何度も摩った。

＊＊＊

温(ぬく)もりと吐息を感じて目を開けた。

この世のものとは思えないほど麗しい笑みとともに「おはよう」と告げられた。

待って――刺激が強すぎる。朝から心臓が大暴れしてしまっている。

「おは、よう……ございます」

美しさに圧倒されながらも、なんとか挨拶を返した。

「よく眠れたか？　眠りづらくなかったか」

「ぐっすり眠ってしまいました。レジナルド様は？」

「私のことはいい」

「よくありません。レジナルド様が寝不足になってはいけませんから」

するとレジナルド様は悩ましげに息をついた。

「ああ――アシュレイはどうしてそんなにかわいくて優しいんだ」

ちゅっと、頰にキスされる。

そういうレジナルド様はどうしてそんなに麗しいのかと言葉を返す前に、今度は唇にキスを落とされた。

「ん、ふ……っ」

彼の柔らかな唇をたっぷり堪能する。まだ夢の中にいるように心地がいい。

少しすると、唇が離れた。それでもまだ、ごく近い距離に彼の顔がある。

「アシュレイは、全部が柔らかくて心地いい」

いましがたわたしが考えていたのと同じことを彼が言うので、おかしくなってしまった。

「レジナルド様も、です」

「私はきみほど柔らかくないが？」

「ふふ、そうですね。けれど唇は……柔らかい、ですよ」

「だから、アシュレイほどじゃない」

そうしてまた唇を啄（ついば）まれた。お互いにいっそう熱を帯びた気がする。

最高のご褒美を、絶え間なく与えられている。

「は、あ……きみとのキスは、本当に……気持ちがいい」

熱っぽく見つめられた。

今日のレジナルド様はよくお喋（しゃべ）りになる。それにずっとほほえんでいらっしゃる。

それが悪いことだとはまったく思わないのだけれど、このぶんではわたしの心臓が保ちそうにない。

だって、いままでの彼とは違いすぎるのだもの。

もちろん、甘い言葉をかけてくれるレジナルド様も愛しい。好きな気持ちは変わらないどころか、もっと大きくなった。

けれどドキドキする。

いまも彼に見つめられているものだから、胸の高鳴りが収まらない。

「それで……その、体の調子は?」

レジナルド様が、気遣わしげにわたしの下腹部を見おろした。

そうしてようやく、なにも服を着ていないと気がつく。

「平気です!」

わたしは自身を両手で隠しながら答えた。

「……なぜ隠す?」

「え、あの……恥ずかしい、ので」

「昨夜は見せてくれたのに?」

「それは……その」

彼が言うことはもっともだ。

いまさら隠すものでもないとわかってはいるけれど、羞恥心に邪魔をされて両手を動かせなかった。

「もっと、見たい。正直に言えば、昨夜はじっくり眺める余裕がなかった」

「そんな、じっくりだなんて」

頬に熱が立ち上る。顔が熱くなりすぎたせいか、声が出せない。

「ね――アシュレイ」

甘いマスクと声でねだられる。

恥ずかしいけれど、彼のことが好きだから――断る理由はない。

わたしが小さく頷(うなず)けば、レジナルド様は満足げに頷いた。

「ではさっそくいまから」

「いまから、ですか？　けれどもう朝ですし」

「まだ早朝だ」

やんわりと手首を摑(つか)まれ、シーツの上に磔(はりつけ)にされる。これでは自身を隠せない。

レジナルド様はわたしを組み敷いて、どこか恍惚(こうこつ)とした表情で見おろしてくる。

「あ……」

乳房を熱心に見つめられている。昨夜だって見られているし、指で弄(いじ)られもしたというのにやっぱり恥ずかしい。

窓から陽光が射(さ)し込(こ)んでいるから、室内はとても明るい。

レジナルド様に、文字どおりじっくりと見つめられているせいで、乳房の先端が尖(とが)った形になった。

「かわいく膨らんだ」

くすっと笑われてしまった。

「うぅ……」

わたしが呻(うめ)いても、レジナルド様はずっと胸の蕾を見つめ続けている。

どうして——わたし、変だわ。

見られているだけでは物足りなくなって、触ってほしくなる。

昨夜はたくさん乳首を弄ってもらったから、それで味を占めたらしい。はしたない。

けれどレジナルド様は眺めるばかりで、触ってくれそうになかった。

じっとしていられなくなって身を捩る。意図せず乳房がふるっと揺れた。

「誘惑している？」

「ち、違います」

これは「催促している」の間違いだ。そう思ったものの、口には出せなかった。

「私にとっては大きな誘惑だ」

そう言うなりレジナルド様はわたしの手首を掴むのをやめて、乳房のほうへ両手を滑らせた。

ふたつの膨らみをぐにゃりと鷲掴(わしづか)みにされる。

「あ、ぅ……っ」

レジナルド様は、乳房の先端を絞り込むように指を動かす。

乳首の根元をつままれて、そのまま右へ左へと捻(ひね)りまわされた。

根元ばかりではなく、乳首のてっぺんにも刺激が欲しくなってくる。

レジナルド様はそのあたりをよくわかっていらっしゃるのか、わたしの望みどおりに頂点を指でぎゅ、ぎゅっと押してくれた。

薄桃色の尖りをじっくりと眺めながら、レジナルド様はその箇所を存分に愛(め)でている。

「ひぁあ、あっ……んぅ」

見られるのも触れられるのも気持ちがよくて、もう朝だというのに高い声ばかり上げてしまう。

そこへ、柱時計がボーン、ボーンと鳴り響いた。もうベッドから出る時間だ。

「ん、レジナルド様……お時間、が」

「まだ少しだけしか眺めていない」

きっとそんなことはない。穴が空きそうなほどまじまじと見つめられている。

わたしだって本当は、このまま彼に触っていてもらいたい。けれどそれではけじめがつかない。

「レジナルド様……！　お散歩に、参りましょう」

彼の両手を摑んでから言った。するとレジナルド様は、不満げな顔になったあとで口角を上げ、穏やかな声で「ああ」と答えた。

ふたりで身支度を整え、庭へ出る。

庭師やメイドがわたしたちに「おはようございます」と挨拶してくれる。

わたしもレジナルド様もそれぞれ「おはよう」と返すのだけれど、彼の顔に笑みはなく、以前と変わらない仏頂面だ。

もしかして、わたしにだけ笑みを見せてくださるの？

そこで優越感に浸るのはいけないことだと思いながらもつい、嬉しくて満悦してしまう。

意気揚々と歩き、薬草畑の前を通りかかる。

散歩の合間に薬草を収穫するのがお決まりのパターンだ。

わたしは赤紫色の葉を採り、手持ちの袋に入れていった。

「この薬草は初めて収穫するな？」

「はい、よくご存じで」

するとレジナルド様は誇らしげな顔になった。

この薬草はスマイラ産の種から採れたもので、一時的に人目を避けられるという面白い効能を持っている。

散歩を終えて、来客応対といった夫人としての務めを果たしたあとで厨房へ行った。

今朝、収穫した薬草を調合するためだ。

薬草を煮出してエキスを抽出する。エキスとの配分に気をつけながら甘味(あまみ)をつけ、ほどよく冷めたところでガラス瓶に入れた。

うん、文献どおりの色だわ。

効果は数分だと思うけれど、他者から認識されなくなる――いわば透明人間になることができる――ユニークなミスティ・ブリューの完成だ。

わたしはガラス瓶を小ぶりのポーチに入れてドレスの内ポケットにしまった。

調合したミスティ・ブリューのいくつかを、こうして持ち歩くことにしている。いつどこで必要になるかわからないものだ。

特に、新しく調合したミスティ・ブリューは早く試したくて気が逸(はや)るから、肌身離さず持っていることが多い。

ほくほくしながら書斎へ向かう。

今日の午後からは、明くる月に催される豊穣祭(ほうじょうさい)に向けてこまごまとした執務をすることになっている。

豊穣を願うための、国を挙げての大きな祭典で、レジナルド様がその統括を任されているのだ。

会場の整備、ゲストの管理に招待状の発送、当日の日程と安全管理など、祭典の準備は多岐にわたる。

レジナルド様が多忙を極めるのは間違いない。その負担を少しでも減らせるように、わたしも精いっぱい頑張りたい。

執務室でゲスト名簿のチェックをしていると、メイドがわたし宛ての手紙を持ってきてくれた。

コリンナからの手紙だわ。

このところは義妹のことをすっかり忘れていたせいか、コリンナの字を見てドキッとしてしまう。

おそるおそる封蝋（ふうろう）を外して、内容を確かめる。手紙には「旦那様と一緒にぜひ伯爵領へいらして」と書かれていた。

わたしたちの挙式に参加できなかったので、レジナルド様にご挨拶がしたいのだとも綴（つづ）られている。

コリンナのことだから、なにか企（たくら）んでいるのではないかと、つい疑ってしまう。

けれど、レジナルド様になんの相談もなしに断るのは気が引ける。

彼がお城から帰ってくるまでいったん保留にしよう。

それからは、気持ちを切り替えて執務に励んだ。

夕方になり、レジナルド様が屋敷に戻られた。ふたりで執務室のソファに座る。

「アシュレイ、またミスティ・ブリューを調合していたな?」

レジナルド様はしたり顔だ。

「はい。どうしておわかりになったのですか?」

「匂いだ。薬草の香りがする」

「えっ。わ、わたし……そんなに匂います?」

薬草の匂いがするなんて、無自覚だった。

「ほかの者にはわからないかもな。私はどうも鼻が利くらしい」

「そうなのですか」

レジナルド様のことをまたひとつ知れて、嬉しい。

喜びながらも、コリンナのことが頭をよぎる。匂いといえば彼女だ。義妹はいつも香水の匂いを漂わせている。

わたしはレジナルド様に、コリンナから「伯爵領へ来てほしい」と手紙が来たことを話した。

「――けれど、祭典の準備でお忙しいですよね?」

机の上に置かれている書類の山をちらりと見遣(みや)る。

大きな祭典を控えているからと、理由をつけてコリンナの誘いを断ってもいいとわたしは考えた。

「忙しいのには違いないが、ハロウズ伯爵領へは行ったことがないな」

レジナルド様の両親は、ふだんは郊外の別邸に住んでいる。お互いの両親との顔合わせは挙式前にティンダル公爵家で済ませていた。

「この機会に、アシュレイがどのような場所で過ごしていたのか見てみたい。むしろ祭典間際は休日も働き通しになるだろうから、いまのうちに足を伸ばそう」

わくわくとした表情を浮かべてレジナルド様が言った。

「ありがとうございます。では、あの……ご一緒に伯爵領へ、お願いいたします」

レジナルド様は、わたしとコリンナの血が繋がっていないことをご存じだ。

けれど、わたしが実家で義妹に虐められていたことは話していない。

いまはもう関係のないことなのだし。

すべては過ぎたことだ。わたしはもう嫁いでしまってハロウズ伯爵家の人間ではないのだから、コリンナだってなにかしようとは考えないだろう。

「――アシュレイ」

顔を覗き込まれた。

わたしは、はっとして「はい」と答える。

「小難しい顔をして、なにを考えていた？」

「え、ええと」

わたしは両手で自分の頬を覆う。

そうすることで、強張（こわば）っていた顔の筋肉を解そうと思った。

ところがそれでも、うまく笑うことができていないらしい。レジナルド様から、気遣わしげな視線を寄越（よこ）された。

「なにか心配事があるのか？　なんでも話してほしい」

「いいえ、なにもございません」

とっさにそう答えたものの、コリンナのことは紛（まぐ）れもなく『心配事』だ。

大丈夫。レジナルド様がついていてくださるのだから。

コリンナについて別段、相談せずとも問題ないはずだ。

心の中でひとり納得して、わたしは執務を再開した。

わたしは馬車の窓から外を眺めていた。

伯爵領に入れば、懐かしさが込み上げてくる。わたしが嫁いでからまだ半年も経（た）っていないのだけれど、ずいぶんと久しぶりな気がした。

「里帰りだというのに、浮かない顔だな？」

すぐ隣にいたレジナルド様にそう声をかけられたものだから、ドキッとする。

「そ――そう、ですか？　なんだか懐かしい景色に思えて……伯爵領で過ごしていた日々のを顧みておりました」

ごまかすのはどうかと思いながらも、もうここまで来てしまったのだから、コリンナことを理由に引き返すわけにはいかない。

「そうか――？」

レジナルド様は納得いっていないというようなお顔だ。わたしは彼によけいな心配をかけまいと、力強く頷いてみせた。

馬車がハロウズ伯爵家の玄関前に停まる。

わたしとレジナルド様は応接間に通された。お客さん扱いされていることが少し不思議な感じがする。

応接間にはお父様とお継母様、そしてコリンナがいた。

「ハロウズ伯爵家へようこそ、ティンダル公爵様！　あぁ、お噂どおりとても麗しくていらっしゃるのですね」

コリンナがずいっと歩みでてきて、レジナルド様の目の前に立った。

義妹のドレスには本日もふんだんに宝石が縫いつけられている。

それにこの香り――久しぶりだわ。

コリンナの香水も健在だ。義妹は以前となにも変わっていない。

「今日はティンダル公爵様にお会いできる日ですから、ふだんよりももっと煌びやかなドレスを身につけてみましたの。いかがかしら？」

そう言うなりコリンナは胸の前で両手を組み、小首を傾(かし)げた。

レジナルド様が、ちらりとコリンナを見遣る。

「悪いが眩(まぶ)しすぎてとても見ていられない」

レジナルド様はそれ以上、コリンナのことを見ようとせず、わたしの両親に向かって儀礼的な挨拶をした。

「――ご丁寧にありがとうございます。さあどうぞ、おかけください」

お父様に勧められるまま、レジナルド様と並んでソファに座る。コリンナはというと、レジナルド様の斜め向かいに置かれている一人掛けのソファに腰を落ち着けていた。

レジナルド様はわたしのお父様に、ハロウズ家の事業についていくつか質問していた。

「――ところで、お義姉様はいつもわたくしが着たドレスを喜んでお召しになっていたのです。ねぇお義姉様？」

世間話が落ち着いたタイミングでコリンナが話を振ってきた。

「それは――」

喜んで着ていたというのは語弊があるものの、否定したところでコリンナの神経を逆撫(さかな)でするだけだ。

レジナルド様の前でコリンナが暴言を吐くのだけは避けたいから、わたしは口を噤(つぐ)んだ。

「そうか、アシュレイは優しいな。良い姉だ」

よしよしと頭を撫でられる。レジナルド様が、人目を憚らずにそんなことをなさるものだからびっくりしてしまって、わたしはなにも言えなかった。

どういうわけか、コリンナは必死の形相をしている。

「おっ、お義姉様はいつも領民と一緒に土や草をいじってばかりでしたのよぉ！」

「領民とともに、家業の手伝いをしていたということだろう？　着飾ってのうのうと過ごしているよりも遙かに生産的で素晴らしい」

レジナルド様はコリンナのドレスを一瞥したあとで言葉を足す。

「じつは私も、アシュレイを見習って土いじりをしている」

「まぁ、公爵様が？　お義姉様に影響されてしまわれたのですね」

コリンナは小さく眉根を寄せて嘲笑している。

わたしのことはいいけれど、レジナルド様に向かって無礼な口を利くのはさすがに黙っていられない。

コリンナに物申すべく口を開こうとしていると、レジナルド様に肩を抱かれた。

「ああ。アシュレイはいつも私に良い刺激をくれる。最愛の妻だ」

とたんにコリンナは唇を噛んだ。急に黙り込んで、恨めしそうにわたしを見てくる。

「コリンナ。わたしはレジナルド様に伯爵領をご案内するわ」

「……ええ。行ってらっしゃいませ」と、どこか投げやりな口調でコリンナが言った。

「どうぞごゆっくりなさっていってください」

お父様が、困惑顔で頭を下げた。

いっぽうお継母様は、コリンナがどんな発言をしても、どんな表情をしていても素知らぬ顔だ。いつものことである。

「レジナルド様、どうぞこちらです」

応接間をあとにして、彼と一緒に廊下を歩く。

少ししてから、レジナルド様が口を開いた。

「アシュレイは、コリンナ嬢と不仲だったのか？」

ストレートに尋ねられたわたしはつい「うう」と、たじろいでしまう。

そのとおりなので、弁明のしようがなかった。

「はい、そうなのです。わたしとコリンナに血の繋がりがないことはご存じですよね」

「ああ。きみとコリンナ嬢は似ているところがひとつもない。むしろ正反対だ。それに彼女の香水は匂いが強い」

潜めた声で彼が言った。レジナルド様は特に鼻が利くので、かなり堪えているようすだ。

「申し訳ございません。事前にご相談するべきでした」

「いや――私はべつにかまわないが、きみが嫌な気分になったのではないか？　すまない、だからきみは馬車の中で浮かない顔をしていたのか」

レジナルド様は悲痛な面持ちをなさっている。わたしの気持ちに深く寄り添ってくださっている。

もし事前にコリンナのことを話していたら、レジナルド様は伯爵領へ行くのを取りやめになさったかもしれない。

彼にハロウズ伯爵領を見てもらいたい気持ちもあるから複雑だ。

玄関から外へ出ると、レジナルド様は足を止めてわたしのほうを向いた。

「あの調子では、婚前はさぞ苦労したことだろう。きみの父上は夫人に頭が上がらないようだし」

労るように頭を撫でられて、涙腺が熱くなる。

彼が過去のわたしを気遣ってくれたことが嬉しくて、泣きたくなった。

「ありがとうございます、レジナルド様。わたし、本当に……レジナルド様とお会いできたことが嬉しいです」

彼と出会って、これから生涯をともに過ごすことができる。もうそれだけで、実家での苦労は帳消しだ。

「そういえば、彼女はギルの婚約者だったな」

レジナルド様は険しい顔をしている。

「まあいい。それよりもアシュレイ、ハロウズ伯爵領の案内を頼む」

彼の言葉で気持ちが切り替わった。

「はい！　いかがいたしましょう、馬車で領内を見てまわられますか？　それとも歩いて？」

「歩こうか。今日はまだ散歩をしていないから」

レジナルド様もすっかり散歩が板についている。

わたしは「承知いたしました」と答えて、彼とふたりで歩きだした。ティンダル公爵家から一緒に来ていた家令とメイドには、ハロウズ家で待機してもらうことになった。

空にはところどころにぽっかりと雲が浮かんでいる。暑くも寒くもない、ちょうどよい気候だから、散歩日和だ。

頬に風を感じながら、ゆっくりとした足取りで小道を進む。小道の両側には薬草畑が広がっている。

そうしてわたしは気がつく。

伯爵領の案内といっても、ほとんどが薬草畑だからレジナルド様には退屈かもしれないと、いまになって気がついた。

どこまで行っても田園風景だ。

わたしは立ち止まり、レジナルド様に話しかけた。

「あの、レジナルド様。わたしったら、意気揚々とハロウズ伯爵領をご案内するつもりでおりましたけれど、見てのとおりここは薬草畑ばかりでして……」

「ああ、素晴らしい。豊かな薬草畑ばかりだ」

彼の瞳は爛々（らんらん）としている。

わたしが好きなものに、レジナルド様が興味を持ってくださっている。なんて幸せなことなのだろう。

ほっとして、ふたたび歩きはじめる。

レジナルド様は微笑して、あたりを見まわした。ふたりきりのときにしか見せてくれない表情を堪能する。

「目の保養になるな」

「はい、本当に」

ほほえみを湛（たた）えているレジナルド様は世界一だ――と心の中で叫んだ。

そんなわたしの心中を彼はわかっているのかそうでないのか、レジナルド様がくすっと笑った。

ふたりでのんびりと話をしながら小道を進んでいく。

ふと彼が歩みを止めた。

「この薬草は、うちの庭では見かけないな。どのような効果が？」

レジナルド様が指さしているのは燃えるように赤い葉だ。

わたしたちは毎朝、ティンダル公爵家の薬草畑を闊歩(かっぽ)しているものだから、レジナルド様もかなりお詳しくなられた。

「それは耐火のミスティ・ブリューを調合するのに必要な薬草です」

「耐火——ということは、服用すれば炎に強くなるということか」

わたしが「そうです」と答えれば、レジナルド様は「面白いな」と呟(つぶや)いた。

「調合してお贈りいたしましょうか」

冗談まじりで提案すると、レジナルド様は笑って「頼む」と言ってくれた。

「そうすれば、アシュレイとお揃(そろ)いだ」

彼は、わたしがいくつかのミスティ・ブリューを持ち歩いていることを知っている。

お揃いだと言われると、なんだかくすぐったい気持ちになる。

けれど嬉しいのには違いない。

「どうした、そんなに笑って」

喜びが顔に出てしまっていたらしい。わたしは正直に「嬉しくて」と答えた。

「——おやおや、アシュレイお嬢様じゃありませんか！」

遠くから男性の声がした。わたしたちは声がしたほうを振り返る。

薬草の手入れをしていたらしい領民がこちらに近づいてくる。

「おっと、もうお嬢様ではありませんね」

領民の男性が「ティンダル公爵ご夫人」と言いなおす。そんなふうに呼ばれるのにも、やっと慣れてきたところだ。

わたしがレジナルド様を紹介すれば、男性は恐縮したようすで「こりゃあすごい美男さんだ」と呟いて頭を下げた。

「ご夫人、お元気そうでなによりです」

「ええ、あなたも。ご家族もみんなお元気かしら」

「はい、それはもう！」

「よかった――」

その後も、薬草畑の手入れをしている領民に出会うたびに「久しぶり」だとか「近況は？」と、言葉を交わしていった。

コリンナのことがあって、伯爵領へ来るのは気が引けていたけれど、こうして顔見知りの領民たちと話ができてよかった。

でも――どうなさったのかしら。

先ほどからレジナルド様が、一言も喋らない。

呪いが解ける前のような無表情で、黙々と坂道を上っている。

坂道を上りきり、丘の頂上にやってきた。ここから、ハロウズ伯爵領を一望できる。

わたしたちは木陰に入り、太い木の根元に腰を下ろした。

「レジナルド様？」

いつもわたしがされているのと同じように、レジナルド様の顔を覗き込んでみる。

すると彼は驚いたように目を見開いた。

そのあとで、どこかばつが悪そうに微笑なさった。

「……きみは老若男女を問わず人気者だな。領民から慕われている。とてもいいことだ」

褒められている。けれどレジナルド様はやっぱり不機嫌そうだ。

彼の真意が摑めずに戸惑う。

「すまない、困らせているな。その……嫉妬しているだけだ」

「嫉妬？」

レジナルド様は神妙な面持ちになって、こくりと頷いた。

「アシュレイは私だけのものだと、言いふらしたい」

両頬を手で覆われた。もとより目を逸らすつもりはなかったけれど、彼のことしか見ていられなくなる。

澄んだアメシストの瞳が、小さく揺れた。木洩れ日を受けたレジナルド様は、いっそう麗しい。

しだいに焦点が合わなくなっていく。

唇と唇がぴたりと重なる。

「ふ……っ」

柔らかな感触が気持ちいい。けれどここは丘の上だ。

周囲にはだれもおらずふたりきりではあるものの、屋外でこんなふうにキスをしてはいけない——と、背徳感に苛まれる。

唇が離れたので、レジナルド様に「ここではいけません」と言おうとしたときだった。

いたずらっぽくぺろっと、舌で唇を舐められた。

濡れた唇を、穏やかな風が撫でていく。

もう——好き。

そうしてまた唇と唇がくっつく。

背徳感はどこへやら、わたしは彼から与えられるキスに溺れて、いつまでも唇を重ね合わせていた。


ある日のこと。

お城から戻り、わたしの私室を訪ねてきたレジナルド様は、いつになく疲れているようだった。

レジナルド様はソファに座ると、ローテーブルの上に赤い封筒を置いた。

「ギルからまた舞踏会の招待状を押しつけられた。アシュレイと一緒にぜひ——だそうだ」

コリンナから伯爵領に呼びだされたかと思えば、今度はギル様だ。

「忙しいと言って、一度は断ったのだがしつこく誘ってくる」

忌々しそうな口調で言うなり、レジナルド様はソファの背にもたれかかる。

「このまま断り続けてもいいが、ギルのことだから私たちが赴くまで招待状を寄越してくるだろうな。あいつは粘着質だから」

レジナルド様が毒づいた。

彼は真剣に話をなさっているのだから笑ってはいけないと思いながらも「粘着質」というのがまさしくそうで、つい「ふふ」と声が漏れる。

「そういう意味ではコリンナ嬢と似合いだ」

「そう、ですね」

コリンナもまた、とにかくしつこい。彼女たちは似たもの同士だ。

「ふう」と、レジナルド様が大きなため息をつく。

「お疲れでございますね？」

「……ああ。きみの胸で休みたい」

急にぐらりと視界が揺らいだ。

「ひゃ、あっ」

ソファの座面に押し倒されたわたしは目を白黒させる。

「アシュレイ」

切なげな呼び声だ。どこか憂いを帯びた表情もまたよくて、きゅんとする。

言葉のとおり、レジナルド様はわたしの胸に顔を埋めている。

甘えられている気がして、胸が温かくなった。

少しでも彼の疲れがとれますようにと祈りながら、わたしはそっと彼の頭を撫でた。

そしてスクワイア侯爵家主催の舞踏会、当日。

侯爵家のダンスホールは着飾った貴族たちが溢れんばかりにいて、ごった返していた。

「ギルに縁のある貴族ばかりだ。まあ当然、そうか。方々でしつこく舞踏会に誘っているからな、ギルは」

レジナルド様が呟いた。

舞踏会は政治的にも重要な社交の場だから、ゲストの人数が多いに越したことはない。けれど、これほど——身動きを取るのも大変なほど——混雑している舞踏会に出席したのは初めてだ。

ダンスホールの収容人数を超えているようにも思える。

レジナルド様とはぐれてしまわないよう気をつけなくちゃ。

ちらりと彼のほうを見る。黒地に金色の刺繍が刻まれたジャケットを着たレジナルド様の輝きといったら、言葉では表現できない。

わたしの旦那様は今日もかっこいい。

そこへ、コリンナの肩を抱いたギル様が近づいてきた。

「やあ、ようこそ僕たちの舞踏会へ」

レジナルド様はすぐにはなにも答えなかった。

「やっと招待に応じてくれて嬉しいよ、レジナルド」

「そうだな。招待状を十枚も寄越されてはさすがに顔を出さないわけにいかない」

レジナルド様があまりにもきっぱりとおっしゃるので、びっくりしてしまった。

ギル様は一瞬、不愉快そうに眉根を寄せたものの、すぐに――貼りつけたような――笑顔になった。

「ありがとう。楽しんでいってくれたまえ。さあ行こう、愛しのコリンナ」

「はぁい、ギル様ぁ」と、ふだんよりも一オクターブほど高い声でコリンナが答えた。

ふたりが人混みに紛れていくのを見送る。

不意にレジナルド様が身を屈めた。耳のすぐそばで囁かれる。

「アシュレイ、踊るのは私とだけだ。いいな?」

ああ――嬉しいことを言ってくださる。

独占欲を示されれば、すぐ胸がいっぱいになってしまう。

わたしがすぐに「はい」と返事をすると、レジナルド様は大きく頷いた。

タイミングよく、ダンスホールにワルツが流れだした。

レジナルド様に手を取られ、腰を抱かれる。

これだけでもう、心が弾んでしまって仕方がない。

うきうき、わくわくしながらステップを刻みはじめる。ワルツの軽快なリズムに乗って体を動かす。

いまはほかに大勢、人がいるからレジナルド様のお顔に笑みはない。それでも、彼が楽しそうなのがわかる。

シャンデリアの光を味方につけて、アメシストの瞳が煌めいている。

わたしが着ている紅いドレスの裾が、ターンに合わせて絶えず翻る。

レジナルド様が上手くリードしてくださるおかげで、ほかの人にぶつかることなく踊ることができている。

むしろ彼がリードしているのでなければ、踊りづらいことだろう。

現に、ほかのゲストたちはお互いに肩がぶつかったり背中がぶつかったりと、苦労しているようすだ。

無事に一曲を踊り終わり、達成感が込み上げてきた。

「ありがとうございました、レジナルド様」

「ああ、楽しかった」

頬に手をあてがわれる。

「もう一曲、踊ろうか――」

ところが「ティンダル公爵様！」と、老年の貴族がレジナルド様に声をかけてきた。

この方は、ギル様のお父様だわ。

「いやぁいつも息子がお世話になっております。ささ、どうぞこちらへ」

そうしてギル様のお父様は、レジナルド様をどこかへ連れていってしまった。

わたしは夫以外と踊らないと決めた。レジナルド様と別行動を取るのは避けたい。

慌てて追いかけようとしたものの、人の壁に遮られて、とうとうレジナルド様とはぐれてしまった。

そんな――どうしましょう。

はぐれないよう気をつけなければと思っていたのに、情けない。

わたしは必死に人混みを掻きわけて、レジナルド様の姿を探す。

「あらぁ、お義姉様。おひとりでどうなさったのかしらぁ？」

どこからかコリンナの声がした。

いつのまにいたのか、すぐ後ろにコリンナの姿があった。

「……レジナルド様とはぐれてしまったの」

「まぁ、おかわいそうに。公爵様が見つかるまで、ゲストルームでお休みになってはどうかしら」

「いいえ、このまま彼を探すわ」

「遠慮なさらないで」

手首を摑まれ、強引に引っ張られた。

「遠慮なんてしていない」

しかしコリンナは聞く耳を持たずに、わたしの手首を摑んだまま突き進んでいく。

そうしてダンスホールをあとにした。メインの出入り口とは違うところから廊下へ出たからか、人気がない。

「コリンナ、待って。わたしはホールへ戻る」

「いいじゃない。久しぶりに水入らずでお話ししましょう？　ゲストルームはこっちよ」

どういうつもりなの。

なにか嫌な予感がする。このままコリンナについていくのはよくない。

「行かないと言っているでしょう」

義妹の手を振り払おうとしたものの、よけいに力を入れられて、離れられなくなった。

「だめよ、こっち！」

コリンナは声を荒らげて、わたしの手首をぐいっと強く引っ張った。

手首が痛い。本当にしつこい。

そうして結局、わたしが折れるはめになる。

「……わかったわ。けれど少し話をしたらすぐにホールへ戻らせて」

「ええ、もちろんよ」

コリンナがにたりと笑う。とたんに悪寒が走った。

いや、いくらなんでも義妹の笑顔を見ただけでそんな反応をしてしまうのは失礼だ。

わたしは気を取りなおして、コリンナに促されるまま階段を上った。

どうしてわざわざ二階のゲストルームに？

一階にも部屋はたくさんあるはずだ。

不審に思っていると、部屋に先客がいることに気がついた。

複数の若い男性が、にやにやしながらこちらを見てくる。

「これはいったいどういう――」

皆まで言えない。パタンと扉が閉まり、コリンナは姿を消した。

「コリンナ⁉」

ドアノブを摑んだものの、外から鍵をかけられたらしく、扉は開かなかった。

「公爵夫人、僕たちと遊んでくださいよ」

後ろから声をかけられた。おそるおそる振り返る。男性たちが距離を詰めてきていた。

彼らの言う「遊び」が、まっとうなものだとは到底、思えない。

義妹の笑顔にはやはり裏があったのだ。

ドッ、ドッ、ドッ……と、心臓が不穏に高鳴りはじめる。

男性たちがじりじりと近づいてくるものだから、恐ろしくてたまらなかった。

逃げなければ。でもどうやって？

彼らの前から姿を消すことができたらいいのに。

そう――透明人間になるのだ。

わたしはドレスの内ポケットからガラス瓶を取りだして蓋を開け、一気に飲み干した。

こういうときのためのミスティ・ブリューだ。

「あっ？　あの女、どこへ行った⁉」

男性のひとりが叫んだ。

「急にいなくなったぞ！」

他者から認識されなくなるミスティ・ブリューの効果は絶大で、大成功だ。

いまのうちに、窓から外へ逃げられないかしら。

わたしは男性たちにぶつからないよう合間を縫って窓辺へ急いだ。認識されていないというだけで、本当に透明人間になれたわけではない。

そっと窓の外を見る。ここは二階だから、地面までは当然、距離がある。

バルコニーもついていないので、お手上げだ。

コリンナが二階のゲストルームにわたしを連れてきた理由は、騒いでも気づかれにくくするため、窓から外へ逃げだせないようにするためなのだろう。

まんまと義妹の策に嵌(は)まった自分が心底、憎らしい。

わたしはあらためて部屋の中を見まわす。大きなクローゼットが目についた。

仕方がない――クローゼットに隠れていよう。

このミスティ・ブリューの効果がいつまで続くかわからない。

いまのうちにしっかりと身を隠さねばと思っていると、男性たちが室内の扉という扉を開けはじめた。

「扉の鍵は閉まっているんだ。どこかに隠れたんだろ。見つけだせ！」

男性たちはクローゼットはもちろんのこと、棚の扉まで開けて中を覗(のぞ)いている。

クローゼットではだめだわ。

それならベッドの下はどうだろうと考えたのだけれど、ちょうど男性のひとりが身を屈めてベッド下に目を光らせていた。

わたしはいよいよ焦りだす。

男性のひとりと目が合った。

「おっ——見いつけた。いったいどこに雲隠れしてたんだか」

一瞬、息が止まった。体が震えはじめる。ミスティ・ブリューの効果が切れたのだわ！

わたしは声もなく後ずさる。胸の鼓動が脳天にまで響く。焦りと恐怖で、体が固まってしまう。

そこへドンドンッと、部屋の扉が外側から強くノックされた。

「――アシュレイ！　ここにいるのか」

レジナルド様の声が響くと、男性のひとりが「ちっ」と舌打ちをして、ジャケットの内ポケットから鍵を取りだした。

男性は笑顔を貼りつけて扉の鍵を開ける。

「これはこれはティンダル公爵様。ご夫人はこちらにいらっしゃいますよ。皆で、もてなしていたところです」

ほかの男性たちも「そうですよ」と同調する。

多勢に無勢だ、わたしが「違う」と否定したところで、証拠がなければ彼らの嘘を覆せないし、彼らになにか危害を加えられたわけでもないのが現状だ。

レジナルド様は眉間に深い皺を刻みながらも、すぐそばまで駆け寄ってきてくれた。

そのあとで彼は周囲を見まわす。

「わざわざ施錠してまで我が妻をもてなすとは、ずいぶんだな。いまここにいる全員の顔はよく覚えておく」

　地を這うような低い声と、身も凍るような形相を前にして怯んだのか、男性たちは皆が慌てふためきながら口々に「失礼します」と言い、部屋を出ていった。

　男性たちがいなくなっても、体の震えが収まらなかった。

「今日は……屋敷に戻ろう」

　レジナルド様は苦虫を嚙みつぶしたような顔をしている。わたしは小さく頷いた。

　帰りの馬車の中では、レジナルド様がずっと抱きしめていてくれた。

　心も体も、しだいに落ち着いてくる。

「ギルとコリンナ嬢には後日、抗議する。断固として」

　怒りを露わにしながらも、レジナルド様はわたしの背中を摩ってくれている。

　すっかり冷静になると、疑問が浮かんだ。

「そういえば――わたしがあのゲストルームに閉じ込められていること、レジナルド様はなぜおわかりになったのですか？」

「きみがコリンナ嬢と一緒にホールを出たところまでは見ていたんだ。あとは彼女の香水だ。匂いを辿れば、この部屋に来たということはすぐにわかった」

　レジナルド様の優れた嗅覚に救われた。そうでなければ、わたしはいまごろどうなっていたことだろう。

「ありがとうございます、レジナルド様」

「……うん」

優しい眼差(まなざ)しを向けられる。お互いの額がこつんとぶつかった。

「怖い思いをさせてすまなかった」

わたしは首を横に振る。

レジナルド様のせいではないわ。

策を弄したコリンナがいちばんいけないという思いはあるものの、のこのこついていったわたしも浅はかだった。

ティンダル公爵邸に戻り、湯浴(ゆあ)みを済ませ、レジナルド様と一緒にベッドへ入る。

「今夜はゆっくり休むといい」

「はい――おやすみなさい」

目を閉じる。どれくらい時間が経っただろう。いっこうに眠気がやってこない。

レジナルド様はもうお眠りになったかしら。

そっと目を開けて上を向く。レジナルド様はまだ起きていらした。

「……眠れない？」

小さく頷く。

わたしが眠りに就けるよう気遣ってくださっているらしく、レジナルド様が繰り返し頭を撫でてくれる。

けれどやっぱり、眠くならない。ばっちり目が冴えている。

それを彼も感じ取っているようだった。

レジナルド様にぎゅっと抱きしめられ、頬ずりをされる。温かな気持ちになる。

「ゆっくり、休んでほしいとは思っているのだが――きみの全部を確かめたい衝動に駆られている」

耳元で囁かれた言葉に、全身が甘く痺れる。

求められているのがわかって、わたしもまた彼が欲しいと思ってしまう。

「どう、ぞ……お確かめください」

声が震えてしまったのは、期待して悦んでいるせい。

「アシュレイ――」

その呼びかけに答える前に、唇同士が深く重なった。

「ん、ふ……うぅ」

柔らかな感触を味わいながら、熱い吐息が混ざり合うのが好きでたまらない。

どれだけでもキスしていたくなる。

「ふっ……う、んっ？」

生温かなものが唇を割って入り込んできた。

彼の舌だと気がつくのと同時に、わたしの舌が搦め取られる。

されるがまま舌を絡め合わせているものの、どう応えていけばよいのだろう。

正解がわからないけれど、彼のざらついた舌に上顎や下顎をなぞられるのは快感だ。

ふだん交わしているものよりも格段に深い、特別なキスに思えてくる。

レジナルド様の舌は少しも止まることなく走りまわる。だからわたしは、もうずっと翻弄されている。

「んん、うっ……！」

それまでよりもさらに、艶めかしい息が漏れる。

荒い息遣いを感じて、また体じゅうが悦びに震えた。

唇が離れるのと同時に、ネグリジェ越しにぎゅっと乳房を掴まれる。大きな動きで、ぐにゃぐにゃと揉みしだかれる。

「あぁ、あっ……ん、ふぁ、あ」

あまりにも激しくそうされるものだから、ネグリジェと中のシュミーズがずれてきて肩から落ちた。

ふたつの膨らみが露わになる。

下から持ち上げるようにして、両方の乳房をじかに手のひらで覆われる。

胸の形が変わるのを楽しむように、レジナルド様は両手を動かしている。

乳房を弄ばれることで自然と勃ち上がってきた薄桃色の尖りを、指でつんっと突かれた。

「ひぁあっ！」

指で急に弾かれたものだからつい、大きな声が出た。

乳首の硬さを確かめるように、右手と左手の指でそれぞれ揺さぶりをかけられる。

「あ、あんっ……んぅ、ふ……う」

気持ちがよくて体が左右に動いてしまう。意図したことではない。自分の体なのに言うことをきかない。

「美味しそうに揺れてる」

ぽつりとした呟き声だった。

その言葉のあとすぐ、レジナルド様が大きく口を開けた。

「え、え……っ？」

彼がわたしの胸に顔を寄せる。ただ見ていることしかできなかった。

レジナルド様が、わたしの乳首をぱくっと食む。

「ふぁぁあ……っ！」

驚きと快感が同時にやってきて、感情を掻き混ぜられる。

彼の口腔は熱い。食まれている――それだけで、胸の奥深くまで熱くなるようだった。

レジナルド様が、口に含んだ乳首を舌で舐め転がす。

「ひゃっ……あ、あ……あぁん」

ついさっきまでわたしの口腔を弄っていた舌が、今度は胸の蕾を舐めしゃぶっている。

ざらついた彼の舌にそうされると、足の付け根がどうしようもなく疼いた。

レジナルド様はちゅうちゅうと、水音を響かせながら胸の蕾を吸い立てる。

指で絞り込まれるのだってこの上なく気持ちがいいのに、繰り返し吸われれば強烈な快感に襲われる。

彼はきっと、わたしの理性を崩壊させたいのだ。

深いキスを交わしているときだって呼吸が乱れていたけれど、いまのほうがもっとだ。

息を吸うのにも吐くのにも、心地よく苦労している。

「そんな、吸っちゃ……やぁ、あぁっ……！」

とうとう音を上げてしまった。めくるめく快楽に溺れている。

するとレジナルド様は顔を上げた。「ふう」と、悩ましげに息をつく。

「足りない。もっと貪りたい」

堂々と宣言されてしまった。そしてその言葉にまた官能をくすぐられる。

レジナルド様は真っ赤な舌を覗かせて、胸の頂をねっとりと舐め上げる。

まるでもったいぶるように——乳首の感触を存分に確かめるように——舌を這わせられ

たものだから、ぞくぞくしてしまう。

足の付け根の中央にある粒がトクンッと脈づく。

そのことに気がついたのか、たまたまなのかわからないけれど、レジナルド様の片手がネグリジェ越しに恥丘を撫でた。

まるで機嫌を窺うように、くるくると足の付け根を摩られる。

だめ――それも気持ちいい。

乳首の根元を舌でちろちろと舐られるせいで、胸が大きく上下する。そんなふうに大きく息をしていなければ、この快感に耐えられない。

ふと下を見れば、レジナルド様とばっちり視線が絡んだ。

舌で胸の蕾を舐めながらも、彼はわたしの顔を見ていらっしゃった。

なんだか急に恥ずかしくなってしまう。

それに、舌を出して上目遣いをしているレジナルド様は果てしなく艶っぽい。

「ふぅ、うぅ……っ」

レジナルド様はほほえむと、舌を這わせていないほうの乳首を指で押した。

「あぁ、んっ！」

はしたない声が出て、体がびくっと上下に弾む。

そうして乳房が揺れても、レジナルド様は舌と指で薄桃色を追いかけて突く。

つんつん、つんっとひっきりなしに突かれて、胸の蕾は休む暇がない。

その上、陰唇のすぐそばでも彼の手は活発な動きをしている。ネグリジェとドロワーズを隔てていても、秘めやかな箇所をやんわりと押されれば快感が迸る。

「ん、う……あぁ……」

気持ちがよくなる箇所をそれぞれ、じっくり攻められている。

少し焦らされている気もする。なんにしても、すべてが快感に繋がって、体じゅうが甘さを伴ってわななく。

胸の頂を、あんまり吸われるのではおかしくなりそうだと思っていたはずなのに、今度は焦れったくなって、もっと刺激が欲しいと思ってしまっている。わがままだ。

「レジナルド、様……ぁ、あぅ」

わたしが呼びかけるなり、彼はしたり顔になった。レジナルド様は口角を上げたまま、舌でべろりと薄桃色の棘をなぞり上げる。

「ひぁあ、うぅ……！」

乳首が倒れてしまうほど強く舐られているのだけれど、それが強い快感を生んでいて、喘ぎ声が止まらなくなった。

もう片方の蕾もまた手折られる。

それだけでなく、ネグリジェとドロワーズの中に隠れている陰唇を指でこちょこちょとくすぐられているから、胸のドキドキがずっと収まらない。

気持ちいい——と、叫んでしまいたくなった。

充分すぎるほどの快楽を与えてもらっているのに、しだいに布越しでは物足りなくなってくる。

ネグリジェとドロワーズを脱いで、じかに触ってもらいたくなる。

わたしはベッドの上で身悶えしながら、次々ともたらされる快感を堪能する。

じゅうっと、ひときわ大きな水音を立てて胸の蕾を吸ったあと、レジナルド様が顔を上げた。

彼の視線が、わたしの顔から足のほうまで流れる。

「こんなふうに……脱ぎかけなのもそそられるが、やはりすべてを見たい」

どこか狂おしげにそう言うと、レジナルド様はさっそくわたしのネグリジェと下着を脱がせはじめた。

あっという間に一糸まとわぬ姿になる。

いまさら隠すものでもないのだけれど、反射的に両手が胸や下腹部を覆う。

「……恥ずかしい？」

優しく問われ、素直に頷く。

「さっきはあんなに舐めさせてくれたのに、もう終いか。残念だ」

いたずらっぽい口調だった。レジナルド様が微笑する。

「それは、あの……」

「私としては、こちら側も舌で感触を探りたい」

それまで舐められていたのとは別の乳首を、指の合間からつん、つんと小突かれる。

「や、んん」

「嫌？」

わたしは首を左右に振った。

「どっちなんだ」

たしかにこんな態度では、どちらつかずだ。

「教えて、アシュレイ」

アメシストの双眸（そうぼう）でまっすぐに見つめられれば、嘘もごまかしもいけないという気持ちになる。

わたしは何度か深呼吸をしたあとで本音を言う。

「恥ずかしい、です。でも……舐めてほしい」

顔から火を噴けそうなほどの羞恥心に見舞われる。

けれど、自分の意向を伝えることは大切だ。

曖昧な態度を取ってしまったから、なおさらそう。

レジナルド様は、特に驚いているようすではない。予想どおりだったのかもしれない。

そっと手首を摑まれる。胸の上に置いていた手を退かされた。

先ほど指で突かれたせいで、乳首は尖った形になっている。硬くなっているその箇所へ、レジナルド様が顔を寄せた。

胸の蕾を丸ごと口に含まれて、そのまま舌で執拗に嬲られる。

「ふぅ、あっ……あぁ、あ、んんっ」

どうして――？　さっきよりももっと、気持ちいい。

乳首を舐められるという行為は同じはずなのに、もう片方をそうされたときよりも、いっそう快楽を感じてしまう。

わたしの体は、愛でられるたび敏感になっているのだろうか。

きっとそうだ。彼から愛撫されればされるほど、快感が積み重なっていく。

気持ちよさが、どれだけでも募っていく。

「甘い」

唇をほんの少しだけ離してレジナルド様が呟いた。

「あ……あま、い？」

そんなはずはないけれど、彼が言うと真実に思えてくるから不思議だ。

甘いものが好きな彼は、楽しげに口角を上げてふたたび胸の蕾を食んだ。

「ひゃう、うぅ」

レジナルド様は、果実でも食べるようにはむはむと唇を動かしている。存分に味わわれている気がしてくる。

腰が左右に揺れるのを自分では止められずにいると、レジナルド様の片手が太ももをなぞり上げた。

胸の蕾をさんざん吸って舐めたあと、彼はわたしの太ももを押し上げた。片脚を上げる体勢になる。

秘所が明るみに出ると、それだけでわたしの中から蜜が溢れる。

レジナルド様に見られていると、必ずそうなる。触れられていなくても、彼の視線だけで気持ちがよくなる。

そして溢れた蜜を彼が指で掬うものだから、快感はまったく途切れることがない。

レジナルド様は小さな花芽を二本の指で的確につまんで引っ張る。

きゅっきゅっきゅっと何度も引っ張られると、そのたびに「あっ、ぁっ、ひぁっ」と高い声が出た。

「私が引っ張りやすいように大きく脚を広げている?」

レジナルド様が真剣な顔で首を傾げた。

「え、っ――」

指摘されて初めて気がついた。彼に押し上げられていたのは片脚だけだったのに、いつのまにかもう片方の脚が外側に開いてしまっていた。

「ち、ちが……ぁ、そんな……つもりは」

なかったと、言いきれないわ。

快楽を得たくて、無意識のうちに脚がそんなふうに動いてしまったのかもしれない。

「あぁ、う……。そう、かも……」

曖昧に肯定すれば、レジナルド様は嬉しそうに「そうか」と相槌（あいづち）を打った。

「そのまま広げていて」

膣口から溢れた蜜を花芽に塗りつけられる。

滑りがよくなると、それだけで快感が倍の倍になる。

それなのに、花芽を擦る指が速さを増した。

わたしはぶんぶんと首を振る。やめてほしいわけではないのに、これから昇りつめていくのがわかって空恐ろしくなっている。

敏感な花芽を素早くぬるぬると捏（こ）ねられれば、どんどん高みへと引き上げられる。

左右に開いている両脚がカクカクと小刻みに揺れて、どれだけ気持ちがよいのか必死に訴えている。

いままでに、もう何度もこんなふうに恍惚境へと誘われたことがある。

それでもやっぱり慣れなくて――いつだって気持ちがよすぎて――自分を見失う。

「ふぁぁあぁっ――！」

そしていつも、みっともない大声を上げて果ててしまう。

全身がビクンッ、ビクンッと跳ねる。手足の先がじいんと熱くなった。

この瞬間はいつも頭の中が真っ白で、なにも考えられない。

ただ、彼のことが愛しい気持ちと絶頂の余韻だけが漂っている。

「アシュレイの、蕩けきった顔が好きだ」

レジナルド様が唐突に言った。

「わたし、そんな……顔を？」

「している」

くすっと笑いながらナイトローブを脱ぐレジナルド様を、わたしはドキドキしながらひたすら見つめていた。

全身が、彼を待ちわびるように疼く。そわそわする。

露わになった彼のそれは大きく膨らんで、そそり立っていた。

レジナルド様と夜を重ねるたびに、彼のすべてが愛しくてたまらなくなる。

彼の両手がわたしの頰に寄り添う。熱く、大きな手のひらは鎖骨を通って下降して、ふたつの膨らみをふにゃりと揺さぶってから、わたしの太ももでぴたりと止まった。

秘めやかな花園に、雄杭を打ち込まれる。

「ひ……っ、あ、あぁ……っ！」

わたしの内側はよく潤っているから、痛みなんてない。

けれど圧迫感は凄まじい。大きなそれに、ぐいぐいと押される。わたしはベッドの上に両手をついて、彼自身を受け入れようとする。

「きつい？」

わたしが両手に力を入れていたから、彼の目には辛そうに映ったのかもしれない。

「いいえ、平気です」

「平気――か。逞しくなったな？」

からかうような調子でレジナルド様が言った。

「え、いえ……その」

ついこのあいだまで処女で、破瓜の痛みに少なからず不安があった。けれどいまは違う。

彼と、幾晩も体を重ねてきた。

毎晩が幸せで、気持ちがよくて、充実している。

レジナルド様と繋がりあえば、どれだけ嫌なことがあってもすぐに忘れてしまうのだ。

「愛して、いますから……レジナルド様。だから、わたし――」

なにがあっても平気だと、言い終わる前に楔をぐっ、ぐぐっと突き入れられた。

「ふ、あぁあっ……うぅ、ふっ」

突き進んできた楔は圧倒的な存在感を放ちながら蜜襞を擦り、どんどん奥へ進んでいく。

彼のそれを根元まで収めきると、いつも大仰に息を吐きだしてしまう。

きっと無意識に息を詰めているのだわ。

わたしが深呼吸をしていると、レジナルド様が腰を前後に動かして、蜜壺の奥処をトン、トン、トンとノックした。

「んん、ふっ……うぅ」

まるで遊ぶように、いたずらに最奥を突かれる。

彼はというと、楽しげに笑っていらっしゃる。

やっぱり遊ばれている？

けれど、それでもいい。

どのような動きでも、与えられるのは紛れもなく快感だ。

「奥――突かれるのは、好き？」

「う、ぅ……ん、好き……です」

なにをされるのでも好きなのだとは、さすがに言わなかったのだけれど、見透かされている気がする。

レジナルド様は相変わらず楽しげだし、それに嬉しそうだ。

嬉しいのはわたしも同じ。

彼の楔が蜜襞を擦るたびに体じゅうが歓喜する。気持ちよさには際限がない。

その証拠に、胸の蕾はふたつともしっかりと勃ち上がっている。

隠しても仕方がないから、堂々と晒すしかない。

硬くなっている胸の蕾に気がついたらしいレジナルド様が、薄桃色のそれをぎゅっとつまんだ。

「あぅうう、んっ……！」

そんなふうにつままれると、快感は下腹部にも響いて、蜜壺が嬉しい悲鳴を上げる。

レジナルド様が、感嘆したように「はぁ」と息をつく。

「アシュレイは――私を強く摑んで放さない」

彼のことを手で摑んでいるわけではないから、喩えなのだろう。たしかにレジナルド様の言うとおり、蜜壺は楔を深く咥え込んでいる。

「嬉しいかぎりだ」

汗ばんだ肌を目にして、吐息混じりの声を耳にして、すべてをくすぐられる。

なにを見ても聞いても大喜びしている。

「あ、ん……っ？」

レジナルド様が、それまでとは違う動きをしはじめる。

蜜壺の中で円を描いているようだった。ぐるぐると掻きまわされる。

「ひぁあ、あっ」

一周、二周――と、楔が回るにつれて快感が増幅していく。

「悦い、ところは……どこ？」

艶めかしい表情で尋ねられたものだから、全部だと答えそうになった。

けれど彼が知りたいのは、そういうことではないのだろう。

特に感じる箇所を自覚しなくては。

「ん、んん――」

唸(うな)りながら、必死に考える。楔の動きを、それまでよりも意識して捉えようとする。

わたしが意識しているとわかったのか、レジナルド様は緩慢に、ひとつの箇所を重点的に突きはじめた。

ここか、それともこっちか――と、尋ねられているようだった。

対してわたしは「はぅ、あうっ」と嬌声で応える。

蜜壺の奥深く、中ほど、お腹(なか)側、入り口のそばを、順に繰り返し刺激された。

ここもいい。そこも。

快楽を堪能しながら、わたしは「ううぅ」と唸る。

「は、はぁっ……」と、乱れた息のまま必死に口を開く。

「ご、ごめ……ん、なさい。わからな……い」

レジナルド様は楔を休めずに首を傾げて、わたしに続きを促してくる。

「だって、全部……気持ちいい……！」

どこかひとつに絞るなんて、無理よ。

彼のそれに蹂躙(じゅうりん)されれば、どこだっていちばん悦いところになる。

いちばんが、すぐに塗り変わってしまうのだ。

彼は一瞬、驚いたような顔をしたけれど、すぐに不敵な笑みを浮かべた。

「……かわいい。一所懸命だ」

褒めたたえるように、頬を摩られる。

「アシュレイはいつもそうだ。真面目で、何事にも全力で取り組む」

彼が目を細くする。切なげな表情で、じいっと見つめられる。

「愛している」

ストレートな言葉は心と体に大きく響く。

愛の大きさを測るメーターがあるのだとしたら、きっと止まるところを知らずに上昇している。

「ん、んっ……。嬉しい、です。わたしも……愛しています、レジナルド様」

わたしの頬にあてがわれていた彼の手を、左手で覆う。

そうすることで、もっと温もりが伝わってくる。

そしてわたしの想いも、きっと彼にきちんと返すことができている。

レジナルド様が、感じ入ったように「あぁ」と声を漏らす。

「ふっ――」

勢いよく、情熱的に唇を塞がれたものだから、全身が大きく弾んでしまった。

目を瞑(つぶ)ることで、彼の唇と楔の感触を噛みしめる。

もうだめだと音を上げてしまいそうなほど、強い快楽を与えられている。

「んく、うぅう、んん……っ」

くぐもった声を上げながら、彼の唇をわたしの唇で挟む。

蜜壺の中は継続して掻き乱されているから、息をするのもやっとだ。

それでもやっぱり快感のほうが大きくて、全身が悦びでいっぱいになっている。

ざらついた熱い舌で唇を舐められ、ぞくっとする。そうされることで、わたしの中にいる彼が存在感を強くする。

舌で唇を舐められるのだけでは満足できなくなって薄く口を開けば、彼はすぐにわたしの口腔まで舌を挿し入れてくれた。

舌と舌を絡ませれば、あらゆる繋がりが強くなる。

深いキスは深い快感を生む。

お互いの舌を動かすことで、くちゅくちゅという水音も生まれる。頭の中まで快楽に染まっていくようだった。

「は、あぁ……う」

彼の唇が遠ざかる。もっとキスを交わしていたかった。

律動はそのままで、胸の蕾と花芽を指で捏ねられる。そのどちらもさらに硬くなっていくから、終いには彼の指を弾いてしまうのではないかと心配になった。

ところがレジナルド様の指遣いは巧みで、敏感な箇所を取り逃すことはない。

丁寧に、丹念に、尖りきっているその箇所を指でこりこりと愛撫される。

「ひゃっ、あぁあ……!」

わたしの体が揺れていても、レジナルド様はいつだって的確に敏感な箇所を弄ってくださる。快感を与えるのに抜かりがない。

悦くしてもらうばかりでは申し訳ないと思うものの、彼もまた気持ちよさそうな顔をしているので、問題ないのだろう。

彼のそれが、蜜壺の入り口まで退く。そのまま出ていってしまいそうで焦っていると、急に最奥まで一気に戻ってきた。

「ふぅ、う……っ、あぁ……ん、んっ!」

大胆な動きで乱されるのも、いい。

最奥を強く穿(うが)たれると悲鳴を上げてしまいそうになるけれど、いい。

体がひとりでに踊る。快感を訴えて踊り狂う。自分では制御できない。

そんなふうに暴れていたから乳房の先端が目立ってしまったのか、レジナルド様が急にふたつの乳首をきゅっとつまみ上げた。

「ふぁあっ⁉」

わたしの腰が、彼の楔を巻き込んで上方へビクッと跳ねる。

「んん」

艶めかしい声を耳にすればふたたび腰が上下に飛びはねた。

「ああ――待ってくれ。そんなふうに動かされるとたまらない」

「や、あっ……わ、わたし……そんなつもりは」

レジナルド様が「ふ」と小さく笑った。ああ、愛しい。

乳首を捻りまわされ、蜜壺の行き止まりをずんっ、ずんっと執拗に押される。

硬くなりすぎた乳首を擦りつぶすように刺激されても、気持ちよさしか感じない。

わたしの中から溢れた蜜がさらなる水音を奏でている。レジナルド様が腰を前後に大きく動かすせいだ。

「あ、う……熱い……！」

レジナルド様から与えられる熱はすべてが心地よい。

「アシュレイ、アシュレイ……っ」

わたしはこくこくと二度、頷いた。

いつのまにか、お互いにひどく汗をかいている。

ふたりで一緒に恍惚境へ昇っていくのがわかる。

息つく暇もないくらいの激しい抽挿で、視界が定まらなくなった。

そのせいなのか、目の前に星が飛びはじめる。

これ以上、体を揺さぶられたらもう、おかしくなってしまう——。

「あぁあぁぁ……‼」

わたしの絶叫を合図にしたように、彼のそれが大きく脈動した。わたしの全身もまた、連動したようにドクン、ドクンッと脈を打つ。

胸もお腹も大きく上下して、絶頂に達してもなお興奮を顕わにしている。

言葉を発する余裕がなくて、ただ彼を見つめていると、その麗しい面が近づいてきた。

とびきり優しいキスを貰って、目を閉じる。

嬉しい。どれだけ交わしても足りなくなって、ずっとでも唇同士を合わせていたくなる。

快感が体のすみずみまで浸透していく。

彼とひとつになって、激しく心地よく揺さぶられたあとに、蕩けそうなほど甘いキスをされたからか、急に眠気がやってきた。

唇が離れたので目を開けたものの、瞼が重くなってきた。とても抗えない。

閉じかけている瞼に、レジナルド様がキスを落とす。

それがまた心地よくて、眠気が大きくなる。思えば、彼と深い繋がりを持ったあとはいつもこうしてまどろんでいる。

レジナルド様はわたしに眠りを促す天才なのかも。

「――おやすみ、アシュレイ」

甘さを帯びた低い声にうっとりしながら、わたしは夢の世界へ発った。

第五章　誘惑のミスティ・ブリュー

私は城へ向かう馬車の中でひとり「ふう」とため息をついた。

あれほど強い憤りを感じたのは生まれて初めてだった。

スクワイア侯爵家で催された舞踏会は、私にとって史上最悪のものだ。

ギルが、ダンスホールに入りきれないくらいのゲストを呼んだのは、アシュレイを陥れるためだったのではないかと疑っている。

人混みに紛れてアシュレイを拉致し、男どもに襲わせるつもりだったのではないか。

あのゲストルームへアシュレイを連れていったのはコリンナ嬢だが、部屋を提供したのはギルだし、あの場にいた男どもは全員、ギルと親しい者ばかりだった。

企てたのがギルにしろコリンナ嬢にしろ、目に余る行動だ。これ以上は絶対に看過できない。

アシュレイにちょっかいを出されて、黙ってなどいられない。

本当ならあの場で、アシュレイをどうするつもりだったのかギルに深く追求したいところだったが、なんの証拠もなしに食ってかかったところでのらりくらりと躱されるだけだ。

ギルはいつもそうだ。粘着質で、ずる賢い。

こうなるともう耐久戦だ。

アシュレイを罠にかけようとした罪、私に笑えない呪いをかけた罪の証拠や証言を徹底的に洗いだして糾弾する。

私は決意に燃えていた。

ただ、一週間後に差し迫っている祭典の最終準備も進めなければならない。

むしろギルは、祭典を間近に控えたこのタイミングを狙って仕掛けてきたのではないか。

つくづく嫌な男だ。

私怨を優先してしまいたいところだが、それはアシュレイの本望ではないはずだ。

アシュレイは毎日、根気強く祭典の準備に当たってくれている。

きっと慣れない部分が多い。しかし彼女はなにひとつ疎かにすることなく、有識者に意見を聞き、細やかに対応してくれている。

ひたむきな姿に心底、感心する。

真面目で努力家な上に、理をどんどん吸収して、ますます博識になっている。

あらためて、彼女は本当に魅力的だと感じる。

むしろ欠点などひとつも見つからない。

清らかで優しく、思いやりに溢れた愛しい人。

そんな彼女を、私は守り抜きたい。アシュレイにはずっと笑っていてほしい。

私に笑顔を取り戻させてくれた彼女の笑顔を、なによりも大切にしたい。

妻に思いを馳(は)せているあいだに、馬車が城に到着した。

議会場へ向かっていると――まるで待ち構えていたように――廊下の角にギルがいた。

「いやぁ、レジナルド。昨夜は急に帰ってしまって、いったいどうしたんだい?」

なにを白々しい。

いますぐに抗議したいところだが、それでは不利になるだろう。私が妙な言いがかりをつけてきたと、吹聴(ふいちょう)されかねない。

腹立たしいが、冷静に応対しなければ。

「私の妻が恐ろしい思いをしたので、早急に帰る必要があった」

「おやおや、それは気の毒だったね」

悲壮感たっぷりに眉根を寄せて、なおもギルは饒舌(じょうぜつ)をふるう。

「僕に相談してくれれば、善処したのに」

よくもそんな戯言(たわごと)を。

にたにたと笑っているギルを前にして、なにも答える気にならなかった。

その代わりに、必ず尻尾を摑んでみせると決意を新たにする。

「ところできみは夫人に笑顔を見せているのかい？　いつもそんな仏頂面では、どうかと思うよ」

そうか――。

私はアシュレイがいないところでは以前と変わらず無愛想だから、笑えない呪いが解けていることをギルは知らないのだ。

ここで反論するのは得策ではない。黙っていよう。

「じきに議会の時間だ」

私はそれだけを返して、議会場へ急いだ。

＊＊＊

豊穣を願う祭典を二日後に控えた日の昼下がり。

わたしはメイドと一緒に、祭典の会場で使うオーナメントを作っていた。

メイドたちと世間話をしながら手を動かして、麦わらを円状に編み込んでいく。そこに木の実をつければ完成だ。

シンプルながら色とりどりのオーナメントは、見ていて飽きない。

こうしてオーナメントを手作りするのは、公爵夫人の仕事ではないと言われてしまいそうだけれど、これがなかなか楽しくて、辞められない。

祭典の準備はわからないことだらけで戸惑う場面が多かったけれど、必要な書物は国内外から取り寄せて、かつ有識者の皆が丁寧に教えてくれたので、なんとかなった。

ついでにと、ミスティ・ブリューの専門書も取り寄せていた。

オーナメント作りを終えたわたしは、私室でひとりミスティ・ブリューの専門書を読んでいた。

あら？　これって――。

変わったミスティ・ブリューの記述を見つけたわたしは、本のページを指で辿りながら、ふむふむと頷いた。

そのミスティ・ブリューの効能は、たちまち全身が興奮状態に陥り、性的欲求が尽きなくなるというもの。要するに媚薬（びやく）だ。

そういったミスティ・ブリューはいままでに調合したことがない。

いけないと思いながらも、作ってみたくなる。

必要な材料も、ティンダル公爵家の畑にすべてある。

わたしはソファから立ち、薬草畑へ急いだ。

その日の夜。

厨房にだれもいなくなってから、こっそりと媚薬を調合した。

キッチンメイドや料理長に、なんのミスティ・ブリューを作っているのかと尋ねられては困るから、あえてだれもいない時間帯にした。

できたわ。

ピンク色の液体をガラス瓶に入れて、私室へ持ち帰る。

興味本位で調合してみたものの、ほかのだれかに贈るわけにもいかないし、使いどころがないかもしれない。

単に調合してみたかったという、完全なる自己満足だ。

わたしはソファに座り、完成したばかりのミスティ・ブリューを眺める。ローテーブルの上には祭典で使うオーナメントを並べたままにしていた。

このミスティ・ブリューにしてもオーナメントにしても、使う日までどこかにしまっておかなければと考えているところへ、部屋の扉がノックされた。

きっとレジナルド様だわ。

わたしは反射的に「はい、どうぞ」と答えてしまったあとで気がつく。

媚薬のミスティ・ブリューを隠さなくちゃ！

手に持っていたガラス瓶を背中に隠してレジナルド様を迎える。

「ご、ごきげんよう」

声は上ずってしまったし、顔だってきっとうまく笑えていない。

レジナルド様の目にはさぞ怪しく映っていることだろう。

「なにか隠した?」

ああ、やっぱり。

「いっ、いいえ?」

今度は声が裏返ってしまった。これでは、隠していますと言っているようなものだ。

どうしよう――でも、正直に言うのは恥ずかしすぎる。

「え、ええと……その、これを! 屋敷の皆で手作りしたのです」

あれこれと考えたあとで、わたしは媚薬のミスティ・ブリューではなく、祭典で使うオーナメントを手に取って彼に見せた。

「へえ、すごいな。きれいだ」

レジナルド様は、さまざまな実と葉がついたオーナメントを手に取って、物珍しそうに眺めている。

よかった、なんとかごまかせたわ。

わたしは胸を撫(な)で下ろしながら、媚薬のミスティ・ブリューをこっそりとドレスのポケットに入れた。

祭典当日はあいにく、いまにも雨が降りだしそうな曇天だった。

けれど雨天の場合でも滞りなく祭典を進行できるよう、プランは用意してある。

わたしは早朝からずっと忙しなく屋敷と祭典会場を往復していた。

祭典は、ティンダル公爵家のすぐ前に面した広場で催される。前日のうちに大方の準備は終わっていたけれど、きっと降りだすであろう雨に備えることになったので慌ただしい。

祭典会場から屋敷の玄関へ向かっているときだった。

コリンナが、薬草畑の手入れをしている庭師となにか話しているのを見かけた。

珍しい――というか、初めて見たわ。

義妹は庭師をはじめ、使用人や領民たちと、ほとんど言葉を交わさない。命令するばかりなのだ。

そもそもどうしてここにいるの？

今日は、ティンダル公爵家の庭やサロンにはだれでも自由に立ち入ってよいことになっている。祭典のゲストをもてなすためだ。

けれど、コリンナが用もなく庭にいるのは不自然だと感じた。

ティンダル公爵家の庭師と、いったいなにを話しているのだろうと気になったものの、コリンナに尋ねたところで素直に答えてくれるとは思えない。

先日の舞踏会のように、コリンナがなにか企んでいる可能性はあるけれど、わざわざ話しかけて、自分から関わり合いを持つようなことはしたくない。

それに、いつまでもここにいるわけにもいかないわ。

コリンナが庭にいたことは、念のためレジナルド様にお伝えしておこう。

わたしはコリンナのことを気がかりに思いながらもメイドにレジナルド様への伝言を頼み、その場をあとにした。

祭典は国内外からたくさんのゲストを迎え、大盛況となった。

わたしは広場の片隅で天を仰ぐ。

心配していた天気も、なんとか持ちこたえそうだ。

残すところはレジナルド様の締めの挨拶だ。彼がステージに上がるのを、のんびりと眺める。

レジナルド様が口上を述べはじめる。よく通る声にうっとりと聞き入る。彼はやっぱり無表情だけれど、それゆえなのか威厳たっぷりだ。

「──お義姉様ぁ！」

いつになく血相を変えてコリンナがそばにやってきた。コリンナのあとに続いて少女が駆け寄ってくる。彼女はコリンナの姪(めい)、エマ。継母の血縁者だ。何度か顔を合わせたことがあるものの、エマとはあまり話をしたことがない。

わたしは声を潜めて「ごきげんよう」と挨拶をしたあと、義妹に向かって「静かに」と窘(たしな)めた。

「いまレジナルド様がご挨拶をなさっているでしょう」

「それどころじゃないの。お義姉様の薬草畑が火事になっているの、急いでいらして！」

するとエマも「そうなのです、アシュレイ様。どうかお急ぎください」と、震え声で言った。

コリンナもエマも必死の形相だ。

わたしは困惑してしまい、すぐには言葉を返せない。

コリンナはまた嘘をついている？

舞踏会でのことがある。騙されないようにしなければと、まずは疑ってかかったものの、ここにはいまエマもいる。嘘をついているのではないかと、直接的には尋ねられない。

「コリンナの勘違いではない？」

言葉を濁して言うと、エマはぶんぶんと首を横に振った。

「ほら、焦げ臭い匂いがするでしょう？　煙も上がっているわ」

コリンナがおもむろに手を掲げる。義妹が指し示すほうに、かすかだけれど煙が見えた。

それに焦げ臭い。

「まさか、本当に？」

「だからそう言っているのに。さあ参りましょう、お義姉様」

「……わかったわ」

まずは本当に火事になっているのかこの目で確かめなくては。

下手に騒いで、あともう少しで幕を下ろす祭典に泥を塗るのだけは避けたい。

祭典の会場には警備の者を複数人、配置しているのだけれど、ティンダル公爵家の庭は手薄だ。使用人たちもほとんどが出払っているから、もし火事になっていても気がつきにくい。

近くにいた警備の男性と一緒にコリンナのあとをついていく。コリンナがまたよからぬことを考えていた場合、わたしひとりで行動するのは危険だ。

広場を出て屋敷の庭へ入ると、よりいっそう焦げ臭さを感じるようになった。

ただ、薬草畑のどこを見渡しても火の手は上がっていない。

わたしたちは立ち上る煙を頼りに先を急いでいた。

「――きゃあっ！」

コリンナの斜め後ろにいたエマが、ドレスの裾を踏んだのか盛大に転んでしまった。わたしは慌ててエマのそばへ行く。

「いたた……足を挫（くじ）いてしまったみたい」

エマは地面の上に座り込み、右足を摩っている。

あたりを見まわしたものの、ほかに人の姿はない。

「あなた、エマを救護室へ連れていってもらえるかしら」

警備の男性は「承知いたしました」と頷いて、エマを抱えていった。

「なんてこと、煙が大きくなっているわ！　お義姉様、早く」

コリンナが言うほど煙が大きくなっているようには見えない。

「ちょっと待って。コリンナは、またわたしを騙そうとしている？」

「そんな、騙すだなんて！　最近のわたくしは心を入れ替えたのよ。いまも、お義姉様のためを思って行動しているのに、ひどいわ」

コリンナは悲しげに頭を抱えている。

「すべてが手遅れになってもいいのなら、いいのよ」

悲壮感を漂わせている義妹を前に、わたしは深呼吸をした。最善策を思案する。

広場に戻って警備の者を探していたのでは時間がかかりすぎる。騒ぎを大きくしないためにも、いまはまず真偽を確かめることを優先すべきだ。

「……行きましょう」

そうしてひた走り、煙の出所がわかった。薬草を保管している小屋の窓から、煙が漏れている。

「そんな――どうして」

ふだん、小屋には火の気がまったくない。

なにかが自然と発火する可能性は低いはずだ。

わたしは不審に思いながら、慌てて小屋の扉を開ける。

薄暗い小屋の中で小さな炎が見えた。

小窓のすぐ下に七輪が置かれ、何枚かの薬草が燃やされている。

やっぱりコリンナの仕業？

小屋の中には足を踏み入れない。中に入ってしまっては、またコリンナに閉じ込められかねないので、入り口に立ったまま、わたしは義妹に尋ねた。

「どういうつもり？」

「なんのことかしら」

コリンナはとぼけ顔で首を傾げる。彼女の目的は「火事だ」と吹聴して祭典に泥を塗ることだったのだろうか。

なんにしても、騒ぎになる前に煙を消さなくては。

わたしがふたたび小屋の中へ目を向けたときだった。

後ろからドンッと、強く背中を押された。わたしはよろけて、小屋の床に倒れ込む。

「なっ――」

なにをするのかと、尋ねるまでもない。

わたしは心の中で「まずいわ！」と叫び、慌てて立ち上がったものの、後の祭りだった。

小屋の扉がぴしゃりと閉まる。両手で扉を開けようとしたけれど、びくともしない。外から施錠されてしまった。

チリチリと、薬草が燃える音だけが小屋の中に響く。

開かない扉の前に呆然と立ち尽くす。

そうだわ――。

コリンナが公爵家の庭師と話をしていたのは、小屋の鍵を借りるためだったに違いない。

思えば、ここに来たときだって小屋の鍵は開いていた。やっぱりコリンナの仕業だったのだ。

煙が上がって動転していたせいか、気がつかなかった。

そして、またしてもまんまと閉じ込められてしまった。

「コリンナ！　わたしをここから出して」

わたしは精いっぱい声を張り上げた。大声を出せば、だれかがこの状況に気づいてくれるかもしれないという淡い期待もある。

ただ、いまはまだ祭典の最中だ。小屋の周囲に人気はなかった。立ち上る煙と、焦げ臭さだけが目印だけれど、いったいどれだけの人が気に留めてくれるだろう。

騒ぎを大きくしたくない気持ちをコリンナに利用されたのだと、いまになってわかった。

焦らずにもっと慎重を期すべきだったと自己嫌悪に陥りながらも「ねえ、聞いているの」と呼びかける。

コリンナはもうどこかへ行ってしまったのだろうか。返事がない。わたしはふたたび「コリンナ、いいかげんにしてちょうだい！」と叫んだ。

すると今度は扉の向こうから声が返ってきた。

「それはわたくしのほう！　お義姉様は目障りなのよ。ひとりだけ幸せになるなんて、絶対に許さないわ！」

義妹の声はいままでに聞いたことがないほど低く、荒々しかった。

「待っていて、すぐにその葉っぱごと火の海にして差し上げるわ」

葉っぱというのは、倉庫に保管している薬草のことだろう。

薬草ごと、火の海に？

とたんに悪寒が走り、ぞっとする。

まさか――放火するつもり？

常軌を逸している。

義妹はそれほどまでにわたしのことが憎いのかと、愕然（がくぜん）とした。

いや、実家にいたときは毒殺されかけていたではないか。先ほどコリンナは「心を入れ替えた」と言っていたけれど、彼女の根本的な考えがそう簡単に変わるはずがないのだ。

「待って、コリンナ――早まらないで。もうすぐ祭典が終わるわ。そうすれば、あなたが放火しているところを目撃する人が必ず現れる。たとえわたしが死んでも、あなただってただでは済まないはずよ」

なんとかしてコリンナを落ち着かせなければ、わたしの命と薬草が燃えてなくなる。

「ふんっ、だれも見てないわよ！」

「放火の瞬間を見られていなくても、ティンダル公爵家の庭師に小屋の鍵を借りたのでしょう？　そこから足がつくわ」

「庭師なんていくらでも金で買える。エマだってそう。ぜーんぶ、わたくしの思いのままよっ！」

コリンナは「ふふふふっ」と、笑っている。

もう、なにを言っても無駄なの？

ううん――少しでも粘らなくちゃ。

「ねえ、コリンナ。考え直して。あなたはギル様との結婚を控えているのよ。ここで騒ぎを起こすのはよくない」

平静を装って進言したものの、コリンナからは何の反応もなかった。

しだいに小屋の中が暑くなってきた。

七輪で薬草を焼いているからだろうか。

いや、コリンナは本当に火をつけたのだ。

チリチリと、木が焼ける音がしはじめる。やがて木の扉が、ごうごうと燃えはじめた。

このまま扉だけが焼けてしまえば外へ出られると思ったのだけれど、そう上手くはいかない。

炎はあっという間に扉の周辺にも燃え移り、一面の壁が火の海となった。

わたしは後ずさり、窓の近くまで来たところで座り込んだ。

窓は小さすぎて通れない。

いいえ、諦めてはだめ。

わたし——このままここで焼け死んでしまうの？

自身を奮い立たせて、どうすればここから逃げられるのかを必死に考える。

炎の中では体勢を低くしているほうがいいと聞いたことがあるから、このまま床に座っていていいはずだ。

ハンカチで口元を抑えて、できるだけ煙を吸わないようにする。

次は、どうしよう。

炎はどんどん勢いを増している。恐怖心もまた大きくなっていく。

焦りが最大限に達したからか、全身が震えだした。頭がまわらない。

「う……っ」

諦めたくないのに為(な)す術(すべ)がなくて、目の前が滲(にじ)んでくる。

泣いている場合ではない。

なにか、なにか行動に出なければ。

そうしているあいだにゴトッ、ゴトッと音を立てて扉が焼け落ちた。けれど出入り口には扉の残骸があって、依然としてよく燃えているから、やっぱり外へは出られそうにない。

視界が霞(かす)みがかっているのは、わたしが泣いているからなのかあるいは煙が濃くなっているからなのか――。

不明瞭な視界の中で、出入り口に人影が見えた。

必死に目を凝らす。人影が、どんどん近づいてくる。

いよいよ幻覚が見えはじめてしまった？

「アシュレイ！」

ああ、幻聴まで聞こえる。

幻聴でもいい。呼びかけに応えたい。わたしは声を絞りだす。

「レジナルド様……？」

「ああ、そうだ」

しっかりと腰を抱かれたことで、幻ではないのだとわかる。

炎の壁を越えて、レジナルド様が助けにきてくださったのだ。

「怪我(けが)はないか――アシュレイ」

「わたしは平気です。それよりもレジナルド様のほうが」

燃えさかる火の中を無理やり通ってきたはずだ。彼に火が燃え移らなかったのは奇跡としか思えないけれど、火傷（やけど）していてもおかしくない。

「私だって平気だ。これを飲んだから」

レジナルド様が、赤い液体が入ったガラス瓶を掲げた。それは以前、わたしが調合した耐火のミスティ・ブリューだ。

「半分でもきちんと効果があってよかった。さあ早く、アシュレイも飲むといい」

「はい」

促されるまま耐火のミスティ・ブリューを服用する。

急がなければもっと火が回ってしまうし、彼が飲んだミスティ・ブリューの効果が持続しているあいだにここから脱出しなければならない。

「よし」

レジナルド様から、横向きに抱きかかえられる。

耐火のミスティ・ブリューを飲んだとはいえ、炎の中を自力で歩いていく勇気が持てなかったから、こうして運んでもらえるのは——申し訳なさはあるものの——とてもありがたい。

彼が一緒なら、なにも怖くない。

レジナルド様はわたしを抱えたまま、少しの恐れもない力強い足取りで炎の中をかいくぐった。耐火のミスティ・ブリューはよく効いてくれて、熱さはまったく感じなかった。

無事に小屋の外へ出る。レジナルド様はわたしをそっと地面に下ろしてくれた。

「レジナルド様、アシュレイ様！　ご無事ですか」

老年の家令が、いまにも泣きそうな声で尋ねてきた。

「ああ、問題ない」

レジナルド様が答えれば、家令は胸に手を当てて安堵していた。

「次は消火だ」

レジナルド様が険しい顔で小屋を見遣る。このまま放っておけば、薬草畑にまで燃え広がる可能性がある。

それだけはなんとしても避けたいわ。

レジナルド様と、そして屋敷の皆で一所懸命に土を耕し、種を蒔き育てた薬草畑だ。

失いたくない。守りたい。

足音が聞こえたので振り返れば、庭師やメイドたちが桶に水を入れて運んできたところだった。

「消防団が来るまでこれでなんとかしよう」

レジナルド様の指示で、わたしたちは水場から小屋まで順に並んだ。

水が入った桶を隣の人に手渡していく。これなら、水場と小屋を往復せず効率的に消火活動ができる。

皆ふだんからコミュニケーションを取っているおかげか、わたしたちの息はぴったりだ。

少しずつだけれど、複数の桶を次々と運べば、着実に消火が進む。

火は初めのころよりもかなり勢いが落ちた。

風が出てきた。空は黒い雲に覆われている。きっともうすぐ雨が降る。そうすれば小屋の火は一気に消えるだろう。

あともうひと頑張りだわ。

わたしたちがせっせと水を運んでいるところへ、甲高い声が響いた。

「どっ、どうして――お義姉様が生きているの⁉」

声がしたほうを振り返る。コリンナだ。

義妹は、わたしが焼け死んだことを確認しにきたのだろうか。

傍らにいたレジナルド様が、守るようにわたしの肩を抱いてくださる。

レジナルド様がわたしに耳打ちする。

「きみを小屋に閉じ込め、火をつけたのはコリンナ嬢だな?」

小声で確認されたわたしは「はい」と頷いた。

そこへ、雨が降りだした。

思惑どおり、小屋の火は降りしきる雨で完全に消えた。

わたしはまっすぐにコリンナを見据える。

「ええ。このとおりとても元気よ」

雨の中、わたしとコリンナは無言で対峙していた。強い雨だから、お互いになにもかもがびっしょりと濡れている。

言いたいこと、訊きたいことがたくさんある。なにから追及しようか。

わたしはしっかりとコリンナの目を見据えた。

するとコリンナは、怯んだように後ずさった。

「――いったい何事だい？」

コリンナの後方から、傘をさしたギル様が現れた。

とたんにコリンナは表情を一変させ、空の曇天とは真逆の晴れやかな顔になる。

「あぁあ、ギル様ぁ！　怖かったですわぁ」

コリンナは縋るようにギル様に抱きついた。

「なっ――だれだ、おまえは」

ギル様がコリンナを振り払う。

「え……？」

コリンナは戸惑ったようすでギル様から離れた。そのあとで、我に返ったようにビクッと肩を弾ませて、ポケットから手鏡を取りだした。

義妹は自分の顔を確認している。この雨で、彼女の化粧が落ちてしまっている。

いかにも人目を気にしているというようすで、コリンナは背を丸めて俯（うつむ）き加減になった。

しばらく沈黙していた義妹だけれど、しだいにその両手や唇がわなわなと震えはじめる。

おどおどしながら、コリンナはあたりを見まわした。

自然と、皆が彼女に注目している。衆目を集めていることに気がついたらしいコリンナが「いやぁぁああ！」と声を荒らげた。

「見ないで、見ないでぇえええええ！」

両手で隠すように顔を押さえると、コリンナは雨の中を走り去っていった。

素顔を、ギル様をはじめ周囲の人々に見られることに耐えられなかったのだと思う。

コリンナは自分の素顔をコンプレックスに感じているようだから。

いっぽうでギル様は、コリンナの背中を一瞥して首を傾げた。

「なんだ、あの女は――いきなり抱きついてきて。そうかと思えば絶叫しながら走り去ってしまった」

ギル様の言葉に驚きすぎて、しばらく声が出せなかった。

まさか、まだ気づいていらっしゃらないの？

「走り去った女性はコリンナでございます」

わたしが言えば、ギル様はぽかんと口を開けた。唖然（あぜん）としているようだった。

「そ、そうだったのか」

ギル様はうろたえたようすで、コリンナが走っていったほうを見遣った。コリンナだと気がつかず、無下にしたことを後悔しているのだろうか。

レジナルド様が一歩、前に出る。

「見てのとおり私たちは、火事になった小屋の消火活動に当たっていた。ふだん、小屋に火の手はない」

雨が小降りになってきた。

暗雲はどこかへ行ってしまったらしい。雨が止む。

「私の妻はコリンナ嬢に陥れられ、小屋に閉じ込められた。その上で火をつけられたのだ。きみの婚約者にはアシュレイを殺害するという明確な意図があった。ついさっきも、どうしてアシュレイが生きているのかと叫んでいたしな。コリンナ嬢の言葉はここにいる全員が耳にしている」

レジナルド様が淡々と事実を述べると、ギル様はよろよろと後ろ歩きをした。ぶんぶんと首を横に振っている。

「しっ、知らない。僕はなにも知らないぞ！　失礼する」

吐き捨てるように言うと、ギル様は脇目も振らずに、コリンナが走り去ったのとは別の方向へ駆けていった。

祭典から数日が経った。

わたしは、燃えてしまった小屋の再建をするべく庭にいた。

そこへレジナルド様がやってきた。

「アシュレイ、少しいいか」

「はい、どうなさいました？」

そばにいた庭師とメイドたちが、なにか感じ取ったようにわたしたちから距離を取った。

レジナルド様は、真剣な顔で話を始める。

「スクワイア侯爵家で催された舞踏会の日に、アシュレイがゲストルームに閉じ込められ、複数の男に襲われかけたこと、コリンナ嬢がそれを幇助(ほうじょ)したことの証拠と証言が集まった」

わたしは彼の言葉を静かに聞いていた。

「しかもふたりは、きみが自ら男どもと関係を持つことを望んだと吹聴するつもりだったらしい」

レジナルド様は怒りが滲んだ表情をなさっている。

わたしもまた腹が立った。けれどそれよりも、ふたりがそこまで画策していたのだとわかって恐ろしくなった。

「コリンナ嬢はこの小屋への放火と殺害未遂の罪も問われることになる」

レジナルド様が、焼けた小屋を見遣る。小屋は完全に焼失してしまったわけではないものの、保管していた薬草はほとんどが燃えてなくなってしまった。

薬草は消耗品ではある。屋敷の皆で収穫した薬草だっただけに、有効活用できずに消えてしまったことが悲しかった。

「ただ、笑えないミスティ・ブリューについてはとうとう証拠を集めきれなかった」

笑えない呪いをかけられてから日が経っているせいかもしれない。

わたしとしては、そのことをいちばん言及したいところだけれど、証拠あるいは複数人の証言がなければ立証は厳しい。

「そう暗い顔をするな」

レジナルド様がくすっと笑う。

暗い顔をしている自覚がなかったわたしは、何度も目を瞬かせた。

「私はきみのおかげで、こうして笑っていられるから」

頬を手のひらで覆われる。彼の温もりが伝わってくる。励まされるし、安心感を与えられる。

わたしは彼の両手を握って、大きく頷いた。

「ふたりはいまスクワイア侯爵家で、婚約解消のための話し合いをしているそうだから、ちょうどいい」

レジナルド様の笑みが、挑発的なものへと変わる。そういう表情は新鮮だ。

「スクワイア侯爵家へ乗り込もう。縁談ではなく破談なのだから、水を差すということもないだろう」

ギル様との婚約を解消するという話は、お父様から手紙を貰ったので知っていた。

コリンナもギル様も、お互いに婚約の解消を望んでいるとのことだった。

義妹はギル様に素顔を見られて、しかも婚約者だとわかってもらえなかったことがよほどショックだったのだろう。

スクワイア侯爵家はハロウズ伯爵家にとって事業の取引先ではある。

けれど、ほかにもミスティ・ブリューを製造している事業者は大勢いる。

たとえスクワイア侯爵家との取引がなくなっても、ハロウズ伯爵家としては事業を継続できるので、コリンナとギル様の婚約が解消となっても大きな痛手にはならないはずだ。

わたしたちは警務機関の役人と合流し、スクワイア侯爵邸へ向かった。

「――なんだ、レジナルド。大勢でぞろぞろと……」

玄関先に出てきたのはギル様だった。スクワイア侯爵家の家令から「ティンダル公爵様がお見えになりました」と聞いたのだろう。

「そっちは、警務機関の者か」

警務機関の役人は制服を着ているので、一目でそうだとわかる。

「役人とともに訪ねてきた理由は、考えずともわかるだろう？」

レジナルド様に問いかけられるなり、ギル様は顔を青くした。なにか察知したように、ギル様は両手をかざして「だめだ！」と叫ぶ。

「悪いがいまは大事な話をしている最中だ。相手をしている暇はない。帰ってくれ！」

すかさずレジナルド様が、役人に目配せをした。

警務機関の役人はギル様に向かって令状を掲げる。

事実関係に基づき調べを進めた結果、家主の同意を得られずとも立ち入り、話をすることができる旨が書かれていた。

「こういうわけだから、入らせてもらう」

「なっ……」

「コリンナ嬢は応接間か？　彼女にも話がある」

「そ、そう……だが……」

ギル様は歯切れの悪い返事をした。どことなく焦っているようだった。罪を犯した自覚があるからだろう。

応接間のソファにはコリンナと、それから両親が揃って腰かけていた。

コリンナはわたしたちを見るなり目を剝いた。お父様とお継母様は、顔を顰めている。

「どうなさったの？　いまとってても大切なお話をしておりますの」

ギル様と同じようなことを言って、コリンナは「水を差さないでいただきたいわ」と言葉を足した。

「無礼は承知だが急を要するものでな。まずはコリンナ嬢からだ」

レジナルド様にそのおつもりはないのかもしれないけれど、コリンナは蛇に睨まれた蛙のように硬直した。

「祭典の日、コリンナ嬢がアシュレイの背中を押して小屋の中に閉じ込めたところを、屋敷の庭師を含め祭典に来ていたゲストの何人かが目撃している。皆、煙が上がっていたのを不審に思って見にいったそうだ」

あの日、小屋に着くまでは気がつかなかったけれど、思いのほか多くの人に目撃されていたようだ。

「そ——そのように見えただけですわ。わたしはお義姉様と、遊んでいただけですもの」

「遊びだったとしても、あなたに背中を押されて小屋の中に閉じ込められたという事実は変わらないわ」

わたしが言うと、コリンナはぎりっと奥歯を噛んだ。

「コリンナ嬢は小屋に鍵をかけた上で、用意していたオイルランプで火をつけた」

レジナルド様が追及すると、コリンナはぶんぶんと首を振った。「知りませんわ」と、この期に及んでまだ白を切ろうとする。

「ぼっ、僕は……本当になにも知らないからな。放火に殺害未遂などと、恐ろしい。コリンナとはもう婚約を解消するんだ。だから僕は無関係だ！」

ギル様がコリンナとの婚約を解消したがった理由はそれなのだろう。道連れで罪を問われたくない一心で、コリンナを突き放そうとしているようだった。

「わたくしだって、婚約者の声もわからないような男性は願い下げですわ。それに放火だなんて物騒なことも、いたしておりません」

コリンナは「ふんっ」と息巻いてそっぽを向いた。

「いや、放火に関しても目撃者が多数いる。言い逃れはできない」

ティンダル公爵家の庭師も、コリンナになかば無理やり鍵を貸すよう言われたとのことだった。

だから、コリンナはなにをするつもりなのかと、ほかの庭師と一緒に物陰からようすを窺っていたそうだ。

そして庭師のひとりはレジナルド様に報せ(しら)に行ってくれた。

だからわたしは助かったし、あれほど早く消火できたのだ。

警務機関の役人が、証言を集めた紙をローテーブルの上に置いた。

動かぬ証拠を目の当たりにしたからか、お継母様は「まさかそんなはずは」と、震えている。

そして皆が、コリンナを見つめていた。

義妹はいつかのように、顔に手を当てて動揺している。

「だって……だって、お義姉様がいけないのよ！　こんな……こんな女、生きている価値なんかないんだから！」

すると、すべてを諦めたように、お父様が深いため息をついた。

「コリンナ。アシュレイに謝りなさい。それで許されるはずもないが」

「い、いやよ。わたくしはなんにも悪くない」

「――コリンナ！」

珍しく、お父様が大きな声でコリンナを咎(とが)めた。

義妹はびくっと体を弾ませたあとで、周囲を見まわす。だれもがコリンナに厳しい視線を向けている。彼女を擁護する者はひとりもいない。

コリンナは口をぱくぱくと動かしたあとで「ごめんなさい」と呟いた。

「話は済んだか？　ではコリンナを連れて出ていってくれたまえ」

ギル様が、まるでわたしたちを追い払うように手を振った。

「そういうわけにはいかない。ギルにも訊きたいことがある」

落ち着いた声でそう言うと、レジナルド様は一歩、前へ出た。

それから、スクワイア侯爵家で催された舞踏会でわたしがゲストルームに閉じ込められた件を言及してくれた。

警務機関の役人が、その件に関する証拠も掲げる。それを見たギル様は、くしゃっと顔を歪ませた。

「あっ、あいつ……！　裏切ったな」

それまで仏頂面で黙り込んでいたコリンナが、急にぱっと表情を明るくした。

「そうよ、お義姉様を陥れる計画をしたのはこの男！　すべてはティンダル公爵様への当てつけのためにね！」

「おまえだって乗り気だったじゃないか！」

コリンナとギル様が言い争う。お互いに不満をぶちまけている。

「――そこまでだ。自己弁護は警務機関の牢で」

鶴の一声さながら、コリンナとギル様は沈黙した。ふたりとも、自分たちが牢へ行くことになるのだと、いまやっと気がついたようすだった。

「ギル」

呼びかけたあと、レジナルド様はにっこりと笑った。ギル様は大きく口を開けて、驚愕している。

「な、なぜ笑っている？　笑えないミスティ・ブリューの効果が切れたのか!?　そんなはずはない、あれは反作用のミスティ・ブリューを服用しないかぎり永続的に――」

そこまで言ったあとで、ギル様は慌てて自分の口を押さえていた。

「やはりそれもギルの仕業か。この件に関しては証言を集めきれなかったが、いまの発言で余罪確定だな」

両手で口を押さえたまま、ギル様は顔面蒼白(そうはく)になる。

「牢獄(ろうごく)で笑えない日々を送り、せいぜい反省するといい」

「そ、そんな……！」

ギル様はへなへなと膝から崩れ落ち、床に両手をついた。

コリンナはというと、両手で顔を覆ってローテーブルの上に突っ伏した。

そうしてふたりは揃って投獄されることになった。


後日。

お父様は、お継母様と離縁することを決めたのだそうだ。じつはずっと前から、わがままなお継母様やコリンナのことを不満に思っていたらしい。

お父様には「いままで本当にすまなかった」と、何度も謝罪された。

同様にエマからも謝罪された。エマはコリンナから「あなたが欲しがっていた髪飾りをあげるわ」と言われ、詳しいことは知らされず言いなりになっていたのだそうだ。

すべてが一段落したわたしたちはハネムーンへ出発した。

ハロウズ伯爵領を抜けてさらに南下し、港へ出る。

ティンダル公爵家が船を所有していたことを知ったわたしは驚きながらも、大きな客船に乗って旅のはじまりを楽しむ。

広々とした船のデッキから、しだいに遠のいていく港を見送る。

わたしとレジナルド様は欄干のそばに並んで立ち、波打つ海をのんびりと眺めていた。

潮風が香り、心地よい陽射(ひざ)しが降り注ぐ。

「なにも考えずにぼんやりと海を見るのも、いいな」

レジナルド様が、海に視線を据えたまま呟いた。

わたしが「ええ、そうですね」と相槌を打つと、レジナルド様がわたしのほうを向いた。

「ただしアシュレイが隣にいれば、だが」

急に顔を覗き込まれたものだから、ドキッとしてしまう。

レジナルド様の美貌には、いつまでたっても翻弄される。

「きみがそばにいてくれなければ、どれだけ海が美しくても――すべてのものが無価値になる」

手のひらで頬をすりすりと摩られた。

「なんだか畏れ多いです、けれど――」

彼の手の温もりに感じ入りながら、わたしは言葉を継ぐ。

「そんなふうに言っていただけると、わたしはますますレジナルド様に夢中になってしまいます」

「それは喜ばしいことだ」

わたしにとっても同じだわ。

微笑した彼に肩を抱かれる。寄り添ったまま、ふたりで海を眺めた。

こうして彼が隣にいてくれれば、海の美しさが何十倍にも膨れ上がる。もしもひとりきりだったら、これほど感動しなかったかもしれない。

幸せな気分に浸っていると、ハネムーンの目的地が見えてきた。輝く青い海に囲まれた、こぢんまりとした島だ。

船が島の港に入る。地に降り立つなり、わたしはあたりを見まわした。

山の斜面に沿うように街が広がっている。

白い壁に、スカイブルーのドーム屋根が載った建物があちらこちらにある。

かわいらしいから、見ているだけで気分が和む。

「道幅が狭く、坂ばかりだから少し歩くことになるが、もし疲れたのなら私がアシュレイを抱きかかえていこう」

「ふふ、ありがとうございます。けれど毎朝の散歩で鍛えておりますから、きっと大丈夫です。それに、歩いてじっくりと島を見てまわりたいですし」

レジナルド様は目を細くして頷いた。

わたしたちはさっそく歩きだす。

白い腰壁が両側に配された階段を上っていると、それだけで心が弾む。

いままでに見たことのないなにかに出会える気がしてくる。

階段の途中には、ひなたぼっこをしている猫たちがたくさんいた。ほほえましい。

木々には鳥たちがいて、ピチピチ、ピチチッと楽しそうに囀(さえず)っている。

「いいところだな」

レジナルド様も、ここが気に入っているようすだ。

わたしは「本当に」と返して、彼の隣を歩き続ける。

階段や坂道をどんどん上り、やがて開けた場所に出た。

「この島の名所――山頂の古代遺跡だ」

「わあ……！」

遺跡という響きだけで特別な空間だと思える。実際、眼前にはいままでに目にしたことのない風景が広がっていた。

石が何層にも積まれたものは、人家や公共施設の基礎部分なのだろう。崩れかけたものも含め、石積みの壁がそこここに残っているから、かつてここに街があったのだとわかる。

古代の人々もミスティ・ブリューを製造していたのかしら。

そうしてわたしは思いつく。

もしかしたら、わたしの知らない薬草が自生しているかも！

新たな発見を期待しながら、きょろきょろとあたりを見まわす。

「……アシュレイは薬草を探している？」

レジナルド様が、いたずらっぽく言った。わたしは胸に手を当てて肩を弾ませる。

「はい——まだ知らない薬草があるかもしれないと思いまして。けれど、どうしておわかりになったのですか？」

「わかる。きみの顔を見れば」

このところ、レジナルド様は皆の前でもよく笑うようになられた。

その笑顔を独占していたかった気持ちもあるけれど、彼のほほえみは周囲の人々を幸せにする効果があると思うから、よしとする。

「わたし、どんな顔をしているのか自分ではわかりません」

「好奇心に満ちた、愛らしい笑みだ。無性に触れたくなる、中毒性のある笑顔」

両頰をむにっと、手のひらで挟まれた。

「いつも薬草やミスティ・ブリューのことばかり考えてしまって……お恥ずかしいです。ごめんなさい」

「うん、まあ……そういうところも好きだが」

彼が首を傾げる。紫色の双眸から目が離せない。

「ずっと私のことだけ考えていてほしいとも思う」

わたしは何度も頷くことで、レジナルド様のことで頭がいっぱいなのだと訴える。

それが伝わったのか、彼は嬉しそうに頬を緩ませた。

「さあ、まだ見ぬ薬草を探そうか」

「よろしいのですか？」

せっかくのハネムーンだというのに、彼の言葉に甘えてよいものだろうか。

「いい。きみがしたいことを私もしたい」

レジナルド様の言葉を耳にすると、わたしの心はいつも喜びでいっぱいになる。

「ありがとうございます。ではご一緒に」

わたしが言うと、レジナルド様が右手を差し伸べてくれた。その手を取って、ふたりで遺跡の中を歩きまわる。

この遺跡には決まった通路がなく、自由に散策していいのだそうだ。

未知の薬草を探すことが目的ではあるけれど、さまざまな形の壺や彫像、日常生活に使っていたと思しき水差しを見つけて、ここに住んでいた人々の暮らしを想像することでも楽しんだ。

「アシュレイ」

レジナルド様と繋いでいた手をぎゅっと引っ張られる。

促されるまま彼についていく。

「この植物は初めて見た。アシュレイは？」

「わたしも存じません」

それは、ハートの形をした植物だった。ピンク色をベースに白い線がところどころに入った、かわいくてきれいな植物だ。それが、いくつも連なっている。

「薬草かどうか定かではないが、見つけたな。未知のものを」

「はい！」

わたしはハート型の葉を目に焼きつけようとする。旅先での思い出は宝物だ。レジナルド様と一緒だから、なおさら嬉しい。

ちょっとしたことでも、大きなことでも――ふたりで経験するとすべてが、かけがえのないものになる。

遺跡内を歩きまわっているあいだにすっかり太陽が傾いた。

山頂から眺める夕陽は格別だ。海の向こうに沈んでいく太陽が、海面にオレンジ色の道を作りだしている。

「……きれいだな」

わたしはすぐに「はい」と相槌を打った。感動で胸が熱くなる。

宝物が、どんどん増えていく――。

宿泊先のヴィラでは、現地の人々が快くわたしたちを迎えてくれた。

日に焼けた男性のひとりが「案内役です」と名乗り、近づいてくる。

「今日は山頂の遺跡に行かれたとのこと。ですが、まだまだ名所がありますよ。明日は島の魅力をたっぷりご紹介いたします！　そして、この島のことでしたらなんでもお尋ねくださいませ、なんでもお申しつけくださいませ！」

「なんでも――」

レジナルド様は顎に手を当てたあと、男性に近づいた。

わたしには聞こえないような小さな声で、レジナルド様はさっそく男性になにか尋ねているようだった。

唯一、聞き取れたのは「よろしく頼む」という最後の言葉だけ。

レジナルド様がわたしのそばに戻っていらした。

「案内役の男性と、なんのお話をなさっていたのですか？」

「いまはまだ内緒」

唇に人差し指を立てている夫が、かわいい。そんなふうにはぐらかされると、それ以上はなにも訊けなくなる。

いまはまだ、とおっしゃったのだから。いずれわかるときが来るのだろう。

「お部屋にご案内いたしますね」

男性のあとに続いてクリーム色のタイルが敷き詰められた廊下を歩き、アーチ型の扉を開ける。

真っ白な壁に青い窓枠が配され、その向こうには海が見える爽やかな部屋だ。

ソファやテーブルには優しい色合いが使われているからか、とても落ち着く。

夕食は部屋でいただく。

レジナルド様は料理の説明を聞くと、その後の給仕は必要ないとおっしゃったので、いま部屋にはわたしと彼のふたりきりだ。

円卓の上にはサーモンやイカ、エビなど海の幸がふんだんに使われた郷土料理が並べられている。

わたしとレジナルド様は、円卓を挟んでそれぞれ椅子に座っていた。

「今夜はアシュレイをとことん甘やかしたい気分だ」

向かいにいるレジナルド様が唐突に言った。

「ハネムーンだからだろうか」

「今夜は、というか……レジナルド様にはいつも甘やかしてもらってばかりです」

「そうか？　だとしても、まだまだ不足している」

まっすぐに、どこか熱っぽく真正面から見つめられる。

「どろどろに甘えてほしい、アシュレイ」

美しい仕草で手招きされた。わたしは椅子から立ち、彼に近づく。

「私の膝に乗って。食べさせてあげる」

すぐに腰を抱かれた。なかば強引に、彼の膝に座らされたものの、嫌な気はまったくしない。彼に甘やかされたいと思ってしまっているせいだ。

レジナルド様はわたしを膝に乗せた状態でも、難なく両手にナイフとフォークを持ち、料理を切りわける。

それから、サーモンの香草焼きをわたしの口まで運んできてくれた。

すごく美味しい――のに、落ち着かないわ。

彼の膝が温かいからか、なんとも言えない、おかしな気分になってきてしまう。

レジナルド様はその後もほどよいタイミングで、彼の膝に横向きで座っているわたしに料理を食べさせてくれた。

「あの、レジナルド様？　わたしばかりいただくのでは申し訳ないですから、どうぞ召し上がってください」

「私はまだいい。アシュレイを満腹にするのが先だ」

「もうお腹いっぱいですから」

「本当に？」

彼はナイフとフォークをカトラリーレストに預けると、わたしの顔を覗き込んだ。

急に顔を近づけられてドキッとしたし、吐息を感じてむずむずもした。

それで、無意識に体が揺れてしまったのだと思う。レジナルド様に「どうした？」と尋ねられた。

「なんだか、くすぐったくて……」

「ふうん？」

いたずらっぽい笑みを浮かべて、レジナルド様がわたしの脇腹をこちょこちょとくすぐってくる。

「や、やぁっ……！」

じたばた暴れていると、ドレスのポケットに入れていたものが床へ滑り落ちた。

落ちたのはミスティ・ブリューが入ったガラス瓶だったのだけれど、カーペットが敷かれていたので割れずに済んだ。

「あっ――」

わたしは慌ててガラス瓶を拾おうとした。ところがレジナルド様が先に拾い上げてしまった。

「これは、以前きみが私から隠したものだな？」

ぎくっとする。

彼の言うとおり、このガラス瓶に入ったミスティ・ブリューは、祭典前に彼に見られそうになったものだ。どうやらばっちり目撃されていたらしい。

「ずっと気になっていた。なぜ隠すのか、と」

レジナルド様がガラス瓶を左右に揺らす。中の液体がちゃぽんと音を立てた。

「こ、これは……」

素直に媚薬だと言うべきか、あるいはごまかすべきか。

けれどレジナルド様に嘘はつきたくない。

「さあ、教えて」

催促するように顎に指を這わせられるものだから、くすぐったさが増す。

「んん……っ」

わたしは体を捩りながら白状する。

「じつは、その……媚薬、でして」

わたしの顎にあてがわれていた彼の手がぴたりと止まる。

おそるおそる顔を上げる。彼がどんな表情をしているのか、気になった。

レジナルド様は大きく目を見開いていた。

驚くのも無理ないわ。

なぜそんなものを調合したのか、そして持ち歩いていたのかと、自分でも聞きたいくらいだ。

ところがレジナルド様は、そのことに触れなかった。

「へえ。要するに、アシュレイをもっともっと愛でたくなる薬ということか」

ドキリとしつつ、いままでだって充分すぎるほど彼に愛でられてきたわたしは、返答に困ってしまう。

「ふたりで飲んでみる？」

彼が愉(たの)しげにほほえむ。

媚薬を飲む前から、もうその効果があるのではないかと錯覚してしまうほど、レジナルド様は誘惑的で艶っぽい。

ふたりで媚薬を飲んだら、どうなってしまうの。

わたしは、そして彼は？

不安よりも期待のほうが大きくなっていく。

自分に嘘がつけなくて首を縦に振ると、レジナルド様は「よし」と呟き、ガラス瓶の蓋を開けた。

そしてその中身を、彼がすべて飲み干した。

「レジナルド様⁉」
ふたりで飲もうとおっしゃったのに、どうして？
このときのわたしは、レジナルド様の意図に少しも気がついていなかった。
両頬を手で覆われ、顔の向きを固定される。
唇が重なり、彼の口腔にあったものが流れ込んでくる。
「ふ、うぅ……！」
レジナルド様は最初から、わたしには口移しで飲ませるおつもりだったのだ。
なんて煽情(せんじょう)的なの。
こうしてぴたりと唇同士を密着させているだけでも気持ちがいい。
このミスティ・ブリューは甘くて、熱い。喉越しはお酒に近い。
喉元を過ぎた熱が、すぐに全身へ運ばれていく。
「んん、う……ふっ……」
ドレスの内側で、胸の頂がひとりでに尖っていくのが感覚でわかる。
足の付け根も、きっと膨らみきっている。
こんなにすぐ効き目があるなんて。
ううん。レジナルド様とキスをしたから、単に興奮してしまっているのかも。
媚薬のせいなのか、わたしが淫らなせいなのか。

定かではないけれど、全身がレジナルド様を欲しているのは間違いない。

彼の唇が遠ざかる。

わたしの口の端から零(こぼ)れていたらしいミスティ・ブリューを、レジナルド様が舌で舐め上げた。

ぞくぞくっと、甘い震えが走る。

「頬が……赤い」

手のひらですりすりと頬を摩られれば、ますますそこが赤くなってしまう気がした。

「……レジナルド様も、です」

頬をこれほどはっきりと上気させている彼を見るのは初めてだ。

これは間違いなく、媚薬の効果だわ。

「ん――全身が、熱いせいだ」

彼もわたしと同じ状態だとわかって嬉しい。同じミスティ・ブリューを飲んだのだから当たり前だと言われればそうなのだけれど、きちんと効いているのだと確認できた。

レジナルド様はどこか悩ましげに息をつくと、わたしの体を横向きに抱いて椅子から立ち上がった。

そのままベッドへ運ばれる。

ベッドは壁と同じで白い。ただ、枕や掛け布団には鮮やかな青色が使われている。

爽やかな海を思わせるベッドに、そっと下ろされた。

わたしを見おろしてくる彼の視線で、体が焦げてしまいそうだった。

それくらい熱心に顔を見つめられている。

「なんというか……こう、衝動的になってしまいそうだ」

「衝動的、ですか?」

尋ね返すと、レジナルド様は表情を曇らせたあとで、わたしの肩に顔を埋めた。

「そう。きみをめちゃくちゃにしてしまいそうだということ」

吐息混じりの声を耳にして、あらゆる箇所がいっそう敏感になった。そんな気がした。

「いい、です。わたし……レジナルド様に、めちゃくちゃにされたい」

媚薬は思考にまで効果を発揮しているらしい。

思ったままの言葉が口から出てくる。

けれどすぐに、はしたない発言だったのではないかと心配になる。

彼の表情を確かめたかったものの、思いどおりにはならなかった。

唇が深く重なり、情熱的なくちづけを受ける。

「ふっ……!」

キスと同時に、いつになく性急にドレスを乱される。

背中で編み上げられているドレスでもコルセットでも、レジナルド様はキスをしながらあっという間に解く。

　なにも身につけない状態になるまでだって、一瞬だ。

　裸になって、呼吸すらままならない激しいキスをされて、心も体もどんどん昂ぶる。

　すでに尖っている胸の蕾を、ぎゅっとつまみ上げられた。

「んん、ぅっ」

　親指と中指でつままれたまま、乳首の頂点を人差し指でこりこりと押されるのが好きなことを、レジナルド様はよくご存じだ。

　だからこそ、めちゃくちゃにしたいと言われても恐れがない。

　彼にはいつも至上の快楽を与えられているから、期待しかない。

　唇を塞がれたまま、感じる箇所を弄られているから、吸う息よりも出ていく息のほうがきっと多くなっている。

　鼻息を荒くしているのは恥ずかしいのに、わたしの舌も胸の蕾も、足の付け根にある花芽まで一緒くたに弄ばれて、ますます興奮が高まる。呼吸も乱れてしまう。

　わたしの息が荒いことに気がついたのか、彼の唇が首筋のほうへ移動した。

　ぺろりと肌を舐め上げられ、ちゅうっと吸いつかれる。

　ちくりとした痛みを心地よく感じるのは、いけないこと？

　わからない。彼から施されることは全部が快感だから、わからない。

首筋にあったはずのレジナルド様の顔が胸のところに来ていた。その先端も、首筋にされたのと同じように強く吸われる。

「あぁ、ふぁああぁっ……！」

どこを吸われるのでも気持ちがいいけれど、乳首だと段違いだ。

じゅっ、じゅうっと卑猥な音を立てて、レジナルド様が激しく乳首を吸う。そのたびに乳房がぷるぷると揺れる。それもまた卑猥で、下腹部が甘やかに反応する。

乳首を貪り尽くした彼の熱い唇はどんどん下降して、足の付け根にまでやってきた。

そんなところに顔を近づけられるのは落ち着かない。恥ずかしいのに、どういうわけかいつも以上に体が疼く。

レジナルド様が舌なめずりをした。官能的な表情に、良い意味で参ってしまう。

あまり見ることのない彼の表情に心を鷲掴みにされていたせいで、両脚を大きく左右に開く恰好になっていたことに、やっと気がついた。

「え……っ、あ、ぁ」

わたしがうろたえているあいだに、レジナルド様の赤い舌が陰唇の際を舐め上げた。

「ひぁあぁっ！」

花園の中央に鎮座している敏感な粒には触れられていないのに、叫ばずにはいられないほどの快感を覚えた。

腰がひとりでに上下左右に動く。まるで、もっと刺激が欲しいと訴えるように。

肉厚な舌は陰唇をぐるりとまわって、しだいに核心へ近づいていく。

「あ――ぅ、あぁっ」

気持ちがいいのは間違いない。けれど、どれくらい悦いのだろう。

彼の舌がとうとう花芽を捉える。

抉(えぐ)るように強く花芽を舐められたわたしは「ひぁぁああっ！」と絶叫した。

湿り気を帯びた乳首が鋭い形になり、興奮を露わにする。そこへ、レジナルド様の手がやってきて、勃起した乳首を押しつぶした。

「ひゃっ、あぁう……！」

彼の顔はいま足の付け根にあるというのに、どうしてこうも的確に胸の蕾を捉えられるのだろう。

レジナルド様はわたしの乳首を指でこりこりと嬲る。

「んっ……あぁ、あっ、ひぁあっ！」

乳首にばかり気を取られてはいられない。花芽をちゅうちゅうと吸われている。

こんな感覚になるなんて知らなかった。知らないままのほうがよかったのかもしれない。

だって、病みつきになる。

いつでもそれをしてほしくて、たまらなくなる。

「や、あぅ……う、どうして……そこ、そんな……吸って……んん、ふっ」

けれど彼はなぜ急にそんなところを舌で愛ではじめたのか、わからなかった。

「アシュレイが乱れているところを見たい」

短く答えて、レジナルド様はふたたび舌で陰唇に触れる。

「あぁう、うぅっ……！」

レジナルド様の要望どおり、わたしは全身をガクガクと上下に弾ませて乱れる。体だけでなく心まで、羞恥でぐちゃぐちゃになっている。

ふたつの乳首を指で丹念に捏ねられながら、花芽を執拗に吸い立てられる。

媚薬の効果なのか、秘めやかな箇所はすべてが過敏になってしまって、とてつもない快楽を与えられ続けている。

あまりにも気持ちがよくて、気を抜けば意識がどこかへ飛んでいきそうだった。

いっそのこと、もう飛んでいってしまいたい気分にもなる。

強烈な快感に襲われて、身が保たない。

「あぁ、あっ……わたし、もう……あぅう、やっ……あぁあっ……！」

ドクンッとひときわ大きく胸が鳴る。足の付け根も同じで、両脚が上下にカクカクと揺れてしまうほど強く脈動していた。

「は、あ……ぁ……ん、ん」

息を吐くたびに声が漏れる。抑えられない。

すべてが蕩けている。

そんな状態のわたしに、レジナルド様が硬い楔を突き立ててくる。

「んぅ……ふっ」

蜜壺の入り口に、ほんの少し雄杭が沈む。それだけで快感を覚えてしまう。

わたしの中は十二分に潤っている。彼を受け入れる準備は完璧だ。

「アシュレイ」

吐息たっぷりに呼びかけられた。

わたしが「はい」と答えるのと同時に、雄杭が狭道の中を進みはじめた。

「ふぅ、んっ……ん、ああ……っ」

大きなそれが体内を圧迫してくるこの感覚を、わたしはいつからこんなに好きになってしまったのだろう。

楔が蜜壺の中を進んできても、大きな摩擦はない。それもまたいつものこと。

律動は最初から激しかった。きっとお互いに余裕がない。

愛しさが最大限まで膨れ上がって、貪欲にお互いを求めている。

「んっ、ん、んっ……ぅ」

蜜壺の最奥を繰り返しノックされるものだから、短い喘ぎ声が何度も漏れる。

「アシュレイの声には、いつも……煽(あお)られる」

眉根を寄せてレジナルド様が言った。

「あ、あお……る？　ふっ……う、んぅ」

「きみの声を聞いているだけで、果てまでいってしまいそうになる」

困ったような笑みを浮かべて、ぐんっと大きく奥処を突かれた。

「ふぁあぁあああっ……！」

「ほら、そうやってまた煽る」

「ち、ちがい……ます、わたし……あぅ、んっ、んんっ」

「違わない。かわいい——愛しい」

感慨深そうに言うなり、レジナルド様はさらに抽挿を速くした。

そんなふうに激しくされると、愛しさをぶつけられているようで、嬉しくなる。

もっとだってぶつけてほしいし、わたしからも想いを返したい。

「ん、んっ……レジナルド様……あぁ、あ……っ」

「……うん？」

「あ、愛して……います、わたし……好き、だから……あぁっ、あぅ」

想いを伝えたときに必ず、レジナルド様はほほえんでくださる。

その笑みが尊くて、やっぱり好きで、あらゆる感情が高まる。

歓びも快感も愛しさも、すべてが最高潮に達する。

「幸せ、だ」

ぽつりとした呟きのあと、ベッドが大きく軋んだ。

「あっ、あぁぁあ、ひぁあぁぁっ――――！」

快楽の極みををふたりで堪能する。

いちばん高いところに達した歓びに浸る。

乱れた呼吸すら共有している。

けれど、蜜壺の中に彼の精が満ちていくこの感覚は、わたしだけのもの。

そして彼もまた、わたしの中に精を放つという、彼だけの感覚を味わっているはずだ。

「ん……」

小さく呻きながらレジナルド様が雄杭を引き抜く。

それからしばらく、じいっと見つめられていた。

わたしが首を傾げると、それを合図にしたようにレジナルド様はわたしの蜜壺を指で乱しはじめた。

「あぅ、う……レジナルド様……」

なにを探っていらっしゃるのだろう。

その表情からは読み取れない。

ただ、このまま終わりではないことだけはわかる。

「ん、ん……うぅ」

蜜壺は愛液と、彼から放たれたものをたっぷりと湛えているから、そんなふうに指で掻き乱されると大きな水音が立つ。

「あっ、ん……んん」

だめ――指では物足りない。

もっと大きなものが欲しい。彼の切ない部分を突き入れてほしい。

もう二度も絶頂に達しているのに、なんて欲深いのだろう。

けれどその欲に、抗えない。

「まだ、欲しい……です、レジナルド様……！」

頭の中まで媚薬に侵されているのか、とんでもないことを口走ってしまった。

けれどレジナルド様は少しも嫌な顔をせずほほえんで「ああ」と快諾してくれる。

むしろ、待っていましたと言わんばかりの笑みだ。

抱き起こされ、彼の膝に座らされる。

「――というか、それは私の台詞(せりふ)だ」

レジナルド様は苦笑して、わたしの腰を掴んで持ち上げた。

依然として猛り狂っている一物で、下から突き上げられる。

乳首をぺろぺろと舐めしゃぶった。

ふたつの揺れる乳房を鷲掴みにして中央に寄せると、レジナルド様は並んで立っている

挿入の衝撃で視界が揺れる。体が弾んで、剝きだしの乳房も揺れる。

「あぁあっ……！」

「やぅう、あぁ……んっ！」

肩を左右に揺らしてしまう。けれどレジナルド様はわたしの体を縦に揺さぶってくるものだから、踊っているような状態になる。

わたしもレジナルド様も絶頂に達したのはついさっきのことなのに、情欲は少しも衰えずに高まっていくばかりだ。

ちゅぽんっと水音を響かせながら、レジナルド様はわたしの乳首から唇を離した。

目が合えば、自然と唇も合わさる。

激しい上下の律動とは裏腹に、柔らかく唇を啄まれた。わたしも必死に彼の唇を食む。

何度、求めても求められても足りない。

愛しい気持ちと一緒にすべてが溢れてくる。

底なしの熱情を感じながら、わたしはレジナルド様を見つめる。

ふたりで昇りつめるのも、どれだけだって体験したい。

こんなに、欲が出てくるなんて。

「レジナルド、様……もっと、深く……！」

　唇が離れた拍子につい本音が出た。

　こうして抱き合ったまま繋がっているのも気持ちがいいけれど、もっと深いところで彼を受け入れたい。

　レジナルド様は腰を上下させるのをやめて首を傾げた。

「今日はおねだりが多いな？」

「ご、ごめんなさ――」

　わたしが言い終わる前に、レジナルド様が言葉を被せる。

「たくさん、ねだるといい。すべてに喜んで応える」

　レジナルド様の誘導で、ふたたびベッドに寝転がった。そのあとで、ころんと体を転がされる。彼に背を向けて四つん這いになる。

　腰を摑まれ、硬いそれをあらためて与えられる。

「んん……っ、ふぅう……」

　蜜襞をめりめりと押し広げながら、熱を帯びた楔が隘路の中を突き進んでいく。

　楔はなんの遠慮もためらいもなく、すぐに最奥まで達した。

「あ、あっ……深い……っ」

「こういう深さではなかった？　アシュレイのお望みは」

わたしはぶんぶんと首を振ったあとで「これ、です」と答えた。

恥ずかしいことを言っているのに気にならないのは、快楽のほうが大きいから?

きっとそうだ。

羞恥心を忘れてしまうほど気持ちがいい。快感以外のことが頭からすべて抜けていってしまうようだった。

張り詰めた楔は最奥をぐりぐりと押したあとで、ゆっくりと前後に動きだした。

「ふっ……う、あっ……あぁ、あっ」

隘路の中を始めから終わりまで、硬い一物で行ったり来たりされる。

律動がリズムに乗れば、自然とスピードが上がってくる。

そうして抽挿が速くなるといつも、焦りを覚える。気持ちがよすぎてなにもかもが壊れてしまうのではないかと心配になる。

だから「やぁっ、あ……だめ……っ」と、否定的なことを口走ってしまうのだろう。

「だめ?」

違う、だめじゃ——ない。

快楽が強すぎて、戸惑っているだけ。

「ちが……あぅ、うっ……このまま……あぁ、あぁあっ」

皆まで言わずとも彼はわかってくれている。抽挿は衰えずに、勢いを増す。

後ろから突かれることで大きく揺れる乳房を掴まれ、揉みくちゃにされる。
その先端は、触ってほしいと主張するように、ずっと尖った形になっている。
そしてそんな主張を、レジナルド様はすぐに察知して胸の蕾を弄り倒す。
「あぁ、あっ……レジナルド様……！」
愛しい夫の名前を叫ぶと、それに応えるようにますます律動が激しさを伴った。
果てへと連れていってくれるのはレジナルド様か、あるいはわたし自身なのか。
いいえ、ふたりともだわ。
どちらかひとりでは、高みへ辿りつけない。
お互いを慈しみ、愛し合っているから、恍惚境まで行くことができる。
「ふぅ……あ、あぁああっ……！」
たまらず叫ぶ。
「く……っ」と、彼が呻く。
揺れと脈動が重なるといつも、果てしない快感を覚えてなにもかもが高揚する。
吐く息が熱い。整わなくても気にならないのは、なぜだろう。
レジナルド様も同じだから。
息が弾んだまま整わないのは、愛し合った証拠だから。
後ろから押される恰好でベッドの上に突っ伏す。

一緒に果てて、こんなふうに体を重ねていると、愛しい気持ちがますます募る。

このままずっと、ぴたりとくっついていたい。少しも離れたくない。

わたしの中から依然としてなにかが溢れる感じがする。彼のものと混ざり合って、満たされている。

果てまで達した余韻が、幸福感を伴っていつまでも続く。

「アシュレイ」

低い掠(かす)れ声が耳をくすぐる。

「ん……」

彼のほうを向こうとしていると、耳たぶにくちづけられた。

わたしも彼に同じことをしたい。けれどレジナルド様の体は重くて、寝返りが打てない。

そのことに気がついたらしい彼が起き上がり、わたしの体をころりと動かす。

彼と向かい合う体勢なったことでやっと、先ほどのレジナルド様と同じことができた。

わたしが彼の耳たぶにちゅっとキスをすれば、レジナルド様は驚いたような顔をしたあと、嬉しそうにほほえんだ。

わたしたちは南の島でのハネムーンを存分に楽しんで帰路に就いた。

ふたたび客船に乗り、ティンダル公爵邸を目指す。

青空の下、船のデッキに置かれているベンチにレジナルド様と並んで座った。

「アシュレイ、土産だ」

どこに隠し持っていたのか、レジナルド様から急に紙袋を渡された。

「ありがとうございます」

お礼を述べつつ、紙袋の中身を覗く。

「これは……！」

声が弾む。紙袋の中に収められていたのは、山頂の遺跡で見つけた、葉がハート型になった植物だった。それが、きちんと鉢に入れられている。

「それはれっきとした薬草で、人を惹(ひ)きつける効能があると言われているそうだ」

「そうなのですか!? けれどレジナルド様、どうやって――」

彼はわたしとずっと一緒にいた。

いつ、どうやってこの薬草について調べて、しかも入手までなさったのだろう。

少し考えてから「あっ」と思いつく。

「もしかして迎賓館(ヴィラ)でレジナルド様がお話しなさっていたのはこのことですか？」

あのとき、ハート型の植物は薬草なのか、そしてそれを持ち帰ることができるか、島の案内人にかけあってくれたのだろう。

レジナルド様は「ああ」と頷いた。

わたしはあらためて薬草を見る。

「人を惹きつける効能、ですか……。惚れ薬ということでしょうか」

「どうだろうな。だがそういう効能があるとしても、私には効かない」

なぜ言いきれるのだろう。

レジナルド様がわたしの耳に唇を寄せる。

「すでに惚れ込んでいる。アシュレイに」

耳元で、どこか艶っぽく囁かれたものだから、顔が熱くなった。

わたしにも、効かないわ。

お互いに惚れ込んでいるから——ハートのミスティ・ブリューを調合しても——わたしたちには必要ないのである。

あとがき

こんにちは、熊野まゆです。

本作をお手に取っていただき、まことにありがとうございます！

おかげさまで今回もずっと楽しく執筆させていただきました。

一人称での執筆は以前よりも時間がかかってしまうのですが、キャラクターたちの感情をわかりやすく、細やかにお伝えすることができるのではないかと思います。

イラストご担当の赤羽チカ先生、このたびは美麗なイラストを、ありがとうございました！

クマいっぱいケーキを挿絵にしていただき大感謝でございます。本当に嬉しくて、そして本当に美味しそうです（じゅるり……）。

ヒロインのアシュレイは裁縫や薬草の栽培など、地道な作業をしていましたね。地道だからこそ、達成したときの感動はひとしおかと存じます。

作中に描写はしていませんが、ティンダル公爵家の庭を薬草畑に変えたアシュレイはさぞ満足して、寝室のバルコニーから庭を一望していることでしょう。

そして次はああしようこうしようと、さらなる薬草畑の計画を練っているに違いありません（むふふ……）。

なにかを成し遂げたあとも、すぐに次の目標が出てきます。そうして物語のヒロインたちも成長しているのかな、と思います。

担当編集者様にはいつも大変お世話になっております。

熊野はちゃんと成長しているのだろうか――と、たまに不安になりますが、これからも書き続けてまいりますので、どうか今後ともご指導ご鞭撻のほどよろしくお願いいたします！

末筆ながら、読者の皆様。あとがきまでお読みくださり本当にありがとうございます。ご意見ご感想など、公式X等でお寄せいただけますと嬉しいです。どうかお気軽にお声かけくださいね。

それでは皆様、時節柄どうかくれぐれもご自愛くださいませ。

またお会いできますように！

熊野まゆ

婚約者が三日で逃げ出す
冷酷公爵に嫁いだら極上の
愛され生活が始まりました

Vanilla文庫

2025年5月5日　第1刷発行　定価はカバーに表示してあります

著　者　熊野まゆ　©MAYU KUMANO 2025
装　画　赤羽チカ
発行人　鈴木幸辰
発行所　株式会社ハーパーコリンズ・ジャパン
東京都千代田区大手町1-5-1
電話　04-2951-2000（営業）
0570-008091（読者サービス係）
印刷・製本　中央精版印刷株式会社

Printed in Japan ©K.K. HarperCollins Japan 2025 ISBN978-4-596-96319-2